書下ろし

はないちもんめ 梅酒の香《か》

有馬美季子

JN154114

祥伝社文庫

目次

第一話　不思議な味付け　5
第二話　謎《なぞ》の料理は梅花《ばいか》の形　77
第三話　蜂蜜《はちみつ》お餅《もち》　141
第四話　牡蠣《かき》尽《づ》くし　227
第五話　雪のおまな　277

第一話　不思議な味付け

一

長月《ながつき》(九月)の末、小雨《こさめ》が降る夜も、料理屋〈はないちもんめ〉からは賑《にぎ》やかな声が聞こえてくる。大女将《おおおかみ》のお紋《もん》、女将のお市《いち》、見習い娘のお花《はな》の女三代で営《いとな》むこの店は、八丁堀《はっちょうぼり》は北紺屋町《きたこんやちょう》にあり、同心や岡っ引きたちの溜《た》まり場にもなっていた。

五十畳の広さの座敷は屏風《びょうぶ》で区切られ、のんびりと寛《くつろ》ぐことが出来る。あちこちに飾られた、秋の七草の一つである藤袴《ふじばかま》からは、桜のような甘い香りが漂っていた。白に近い薄紫色の花は、控えめながらも妖艶《ようえん》である。藤袴と同じ色の着物を纏《まと》ったお市も、悩ましく匂《にお》い立っていた。

女将と花を交互に眺《なが》めながら悦《えつ》に入っているのは、南町奉行所の定廻《じょうまわ》り同心である木暮小五郎《こぐれこごろう》だ。同輩や手下の岡っ引きを連れて訪れることが多いが、今日は一人である。ぐい呑《の》みを揺らし、木暮は相好《そうごう》を崩していた。

「いやあ、梅酒ってのは旨《うま》いねえ。甘いけれどすっきりしていて、諄《くど》くないから料理にも合うなあ」

「皐月《さつき》に漬けたから、もう少し置くともっと美味《おい》しくなるの。でも旦那《だんな》には一足早く味わっていただきたくて、お出ししたのよ。よかったわ、喜んでもらえて」

お市に嫋《たお》やかに微笑《ほほえ》まれ、木暮の目尻はますます下がる。三十六歳のお市は色白で愛嬌《あいきょう》があり、女らしいふくよかさに満ちて、色香に溢《あふ》れている。〈はないちもんめ〉には、お市を目当てに通ってくるお客は多く、木暮もその一人だ。

木暮はといえば、奉行所では上役にがみがみ言われ、家では内儀にぶつぶつ言われ、腹が出ているうえに脚は短く、おまけに近頃は髪の毛まで薄くなってきて、まったくもってうだつが上がらぬ四十三歳の男である。

なのに、だ。どういう訳か〝美人女将〟と謳《うた》われるお市とはやけに気が合う。お市目当てのほかのお客たちには、二人の仲にヤキモキしている者は少なくなかった。

お市はなんだかんだで単純な木暮が可愛《かわい》いようだが、男と女の間柄という訳ではない。

木暮は梅酒を口に含み、舌で転がしながらゆっくりと味わう。

「梅酒ってよ、男か女かっていったら、女の酒だよな」

「まあ、そうかもしれないわね。でも男の人でも梅酒を好く人って多いわよ」

「うむ。俺も好きだ。結構強い酒なのに、口当たりが爽《さわ》やかで、喉《のど》をすっと通っていくのが堪《たま》らん」

満足げな笑みを浮かべ、〝里芋《さといも》の含め煮〟に箸《はし》を伸ばす。里芋、さやいんげん、人参《にんじん》が彩《いろど》りよく盛られ、見た目も美しい。人参は梅の花に象《かたど》られていた。

「この時季に味わう梅の花ってのも、いいもんだな」

木暮は人参を箸で摘《つ》まみ、頰張《ほおば》った。京風の薄味ながらも出汁《だし》がよく沁《し》み込んでいて、木暮は目を細めた。里芋、いんげんと次々に夢中で食《は》む。そんな木暮を、お市は優しい笑みを浮かべて眺めていた。

「うちの板前が作る煮物はおかげさまで本当に評判がいいの」

「だろうな。いつ食っても旨い。味がよく沁みていて、かつ素材の味も生きている。この味付けが、里芋のほくほくした甘みを引き立たせているんだ。しっかり味が付いているのに、人参もいんげんも、色が損《そこ》なわれていない。いや、巧《たく》みな腕前だ、ホントによ」

「お褒《ほ》めのお言葉ありがとうございます、旦那。板前にちゃんと伝えておくわね」

今宵《こよい》は木暮一人なので、お市の口調も幾分砕《いくぶんくだ》けている。それほど気心知れた仲ということだ。

木暮はあっという間に皿を空《から》にし、梅酒を啜《すす》って息をついた。

「この優しい味わいがいいんだけどよ、梅酒ってのは口当たりのよさでうっかり呑み過ぎると、いつの間にかふらふらになって足腰が危うくなっちまう。そんなところも似てるよなあ、女に」

お市を見て、木暮はにやりと笑う。お市は衿元《えりもと》を直しながら、笑みを返した。

「梅酒が女と仰《おつしや》るなら、旦那が好いているのも頷《うなず》けるわ。お代わり、持って参りますね。次のお料理も」

淑《しと》やかに立ち上がり板場へと向かうお市の後ろ姿を、木暮は悩ましげに眺める。奉行所と家で窮《きゆう》屈《くつ》な思いをしている木暮は、お市とのこんな一時に癒《いや》されているのだ。

ちなみに梅酒について記された最も古い文献は元禄《げんろく》十年（一六九七）に刊行された『本朝食鑑《ほんちようしよくかがみ》』で、「あくぬきした梅の実を古酒と白砂糖で漬けて作る」とある。江戸時代は梅酒を作るのに焼酎《しようちゆう》ではなく日本酒で漬けたという。

少し経《た》つと、お市が料理と酒を持って戻ってきた。

「お待ちどお。今度のお料理は〝椎茸《しいたけ》のおかか和《あ》え〟よ」

「おおっ、これは酒に合いそうだな」

出された皿を見て、木暮は舌なめずりした。おかか（鰹節《かつおぶし》）がたっぷりかかった焼き椎茸の芳《こう》ばしい香りが、鼻孔《びこう》をくすぐるのだ。箸を伸ばして頬張る。おかかが塗《まぶ》され、もちっとした椎茸を嚙《か》み締《し》めると、旨みがじゅわっと溢れ、酢《す》醬油《じょうゆ》の味付けと蕩《とろ》け合い、口の中に広がる。嚙み締め、呑み込み、木暮は唸《うな》った。

「くううっ、絶品だわ！　かつぶしがまた利《き》いてるじゃねえか。椎茸と合うもんだなあ」

そして梅酒を流し込む。旬の料理と酒を交互に味わい、木暮は目を細める。そんな幸せそうな顔を見ていると、お市も嬉《うれ》しくなってしまう。

「私も椎茸、好きなの。焼いた椎茸にお醬油垂らしたのだけで、御飯いくらでも食べられるわ」

木暮はお市をまじまじと見た。

「なんだ、そんなに好きなのかい？　それなら、少しどうだい」

椎茸を箸で摘まみ、お市の口元へと持っていく。お市は目を見開き、「まあ」と笑いながら椎茸を頰張った。

「あら、美味しい」

嚙み締めるお市を見て、木暮は照れくさそうな笑みを浮かべる。すると大女将のお紋がぬっと顔を出した。

「仲がよろしいことで！　でも旦那、酔い過ぎには注意してよ。いくらうちの梅酒が絶品だからってさ」

そして二人に向かって、少し欠けた前歯を覗《のぞ》かせ、にやりと笑う。お紋は五十五歳。自他ともに認める〝おかちめんこ〟であるが、どんな着物も粋《いき》に着こなし、茶目っ気に溢れ、なんとも魅力のある女だ。このお紋に叱《しか》られるのを楽しみにこの店に通ってくる、被虐《ひぎゃく》的なお客も、実は結構いる。

木暮は眉《まゆ》を搔《か》いて、唇《くちびる》を尖《とが》らせた。

「仕方ねえよ、呑み過ぎちまうのも。こんなに旨い酒を造っちまう、目九蔵《めくぞう》さんの罪だよ」

「おや、人に罪をなすりつけるなんて、役人のすることじゃないだろ。板前は何も悪いことなんてしてないよ。……呑み過ぎは罪にはならないだろうけど、酔いに任せてうちのお市に悪さしたら許さないよ、旦那！」

お紋は悪戯《いたずら》っぽく笑い、別の席のお客へと料理を運んでいった。

ちなみに板前の日九蔵は京から江戸へ来た六十二歳の寡黙《かもく》な男で、その腕前は折り紙付きであり、はないちもんめたちからも信頼されている。

お紋が去ると、木暮はやれやれというように大きな溜息《ためいき》をついた。今度はお市が箸で椎茸を摘まみ、木暮の口へと運ぶ。木暮はそれを頬張り、「一段と旨えよなあ」と蕩けそうな笑顔で鼻の下を伸ばした。

そんな甘い時も束《つか》の間《ま》、今度は日九蔵がやってきて、お市に「すみません、女将」と目配せをした。お市は背を正し、木暮に頭を下げた。

「申し訳ございません。ちょっと御挨拶《ごあいさつ》して参ります」

ほかのお客がお市を呼んでいるようだ。席を立とうとするぐらいなのだから、得意客なのだろう。木暮は正直なところ面白《おもしろ》くないが、寛大《かんだい》なところを見せた。

「いいってことよ。行っといで。お客を大事にしなきゃな」

「ありがとうございます。……すぐに戻って参りますね」

お市は嫋やかな声で囁《ささや》くと、再び頭を下げ、しなやかな身のこなしで別の席へと移っていく。木暮は梅酒を啜りつつ、ちらちらと見やる。お市を呼んだお客のことがやはり気になるのだが、屏風で区切られているうえに離れた席だったので、誰かはよく分からなかった。

——けっ。俺様が来てるんだから、なにも席を立たなくてもいいのによ。俺と女将の仲じゃねえか。つれねえぜ、まったく——

口では分かったようなことを言ったものの、心の中で悪態《あくたい》をつく。それだけお市に惚《ほ》れているということなのだ。ぶつぶつ文句を言いつつ、梅酒を呷《あお》る。周りから賑やかな声が聞こえてくる中、さっきまでお市が注《つ》いでくれた徳利《とっくり》を摑《つか》んでの手酌《てじゃく》が虚《むな》しい。

酔いがだいぶ廻《まわ》ってきて、次第にぼんやりとしてくる。木暮はふと目を瞑《つむ》った。

「ああ、いい湯だなあ」

顔を洗い、感嘆《かんたん》の息をつく。木暮はなぜか湯屋で女風呂に浸《つ》かっていた。同心は女湯の朝風呂を留湯《とめゆ》（貸し切り）にして入ることが許されていた。隣の男湯から聞こえてくる話に耳を傾《かたむ》け、いわゆる町の噂《うわさ》や伝（情報）を集めるためだ。このようなところから事件の手懸《てが》かりが摑めるといったことも、まmaある。八丁堀の女湯に刀架けがあるのは、それゆえだ。

早朝に入る湯にうっとりしつつ、木暮が隣から聞こえる声に耳を欹《そばだ》てていると、柘榴口《ざくろぐち》に女の姿が見えた。留湯にしていても、莫連《ばくれん》な女などは、ひとつ同心をからかってやろうと平気で入ってくるのだ。

もうもうとした湯気ではっきりと見えないが、女は真っすぐに湯舟に進んできて浸かった。その時、女から梅酒の如《ごと》き芳香《ほうこう》が仄《ほの》かに漂い、木暮の鼻孔をくすぐった。それほど広くない湯舟の中、木暮はますますのぼせ、額《ひたい》に汗が噴き出す。

女は白く豊かな躰《からだ》を、木暮に擦《す》り寄《よ》せてきた。

「旦那、お仕事いつも御苦労さまです。おひとつ如何《いかが》?」

温泉ではなく湯屋だというのに、女はなぜか梅酒を載せた盆を湯舟に浮かべ、木暮に勧《すす》める。

「いや……朝っぱらから呑むってのは気が引けるが、断るのも悪《わり》いからいただくよ」

躊躇《ためら》いつつも、酒に手を伸ばし、ぐっと呑む。息をついて額の汗を手で拭《ぬぐ》う。

女の顔はぼんやりしているが、熟《う》れた白い肌が目に焼きつく。木暮が躰をますます火照《ほて》らせ、鼻の下を伸ばしていると、女はさらに擦り寄ってきた。

「ねえ、旦那。ちょっとお願いがあるんだけれど……」

「うむ、なんだ。言ってみろ」

木暮は女の胸元をちらちらと眺めつつ、梅酒を味わう。女は木暮の耳元に口を寄せ、甘く囁いた。

「実は亭主が博打《ばくち》で捕まっちゃって、牢《ろう》に入れられてるのよ。それで暮らしも苦しくて、私、困っちまってるの。……ねえ、旦那の力で亭主を出してくれない？　私、なんでもしちゃうから。ね？」

木暮は思わず女の顔を凝視《ぎょうし》する。湯気の中、ぼんやりとしていた顔がはっきり浮かび上がって、木暮は驚いた。なんと……女はお市だったのだ。お市は艶《なま》めかしく微笑みながら、豊かな胸を木暮に押し当て、「ねえお願い」と繰り返す。

木暮は「仕方ねえなあ」とぼやきつつも目尻を垂らし、締まりのない顔をいっそうだらしなくさせ、梅酒を食らった。


「旦那、ちょっと旦那ってば！　なに呑気《のんき》に寝てんのさ！」

お花に肩を揺さぶられ、木暮は目を覚ました。周りを見回し、「……なんだ、夢だったのか」と呟《つぶや》く。お花の隣にはお紋もいて、にやりと笑った。

「どんな夢見てたんだい？　涎《よだれ》なんか垂らしちゃってさ」

「寝ながら、にやーっとした顔してたよ、旦那。どうせ話せないような夢だろ、この助平親爺が！」

　お花も薄ら笑いだ。木暮は慌《あわ》てて口元を腕で拭い、咳払《せきばら》いをした。

「う、うるせえよ！　どんな夢を見ようが俺の勝手じゃねえか。……そう、梅酒のせいだぜ、なにもかも。この梅酒があまりに旨くてよ、酔狂《すいきょう》な夢魔《むま》に襲われたって訳だ」

「そないなカッコええこと言ってますが、ただ女将とええことしていただけの夢ちゃいまっか？」

「そう顔に書いてありますぜ、旦那」

岡っ引きの忠吾《ちゆうご》と下っ引きの坪八《つぼはち》の凸凹《でこぼこ》親分子分もぬっと顔を出し、木暮は思わず大声を上げた。

「な、なんだ！　お前らも来てたのか？」

「今、来たとこですわ。旦那のことだから、どうせ今夜もこの店に女将の顔を見にきてるんだろう、なんて坪八と話しながら覗いてみたら、案の定いたって訳で」

「わても梅酒呑みたいですわ。うちらにもお願いしますぅ」

そんなことを言いながら、忠吾と坪八は図々《ずうずう》しく木暮と同じ席に上がり込む。

お市が戻るのを待っている身としては——少しは気を利かせろよ——と心の中で文句を垂れつつも、忠実な手下にそれぐらいのことで怒るのはやはり気が引ける。

ちなみに忠吾は二十八歳。強面《こわもて》でいかつい大男だが、睫毛《まつげ》が妙に長いのがなんともいえない。坪八は二十五歳。大坂《おおさか》の出で、驚くほど出っ歯の、忠吾の半分ほどの小男である。この二人は〝羆《ひぐま》の忠吾、鼠《ねずみ》の坪八〟として八丁堀界隈《かいわい》では知られていた。

お紋とお花はすぐに料理と酒を運んできた。

「〝椎茸の天麩羅《てんぷら》〟と〝メカジキの衣揚げ《ころもあ》（竜田揚げ《たつたあ》）〟だよ。メカジキはこの時季美味しいからねえ。さ、食べてみてよ！」

お紋に促《うなが》されて、男たちは早速《さっそく》食らいつき相好を崩す。

「うむ。椎茸の天麩羅の、さくっ、もちっ、としたこの口当たり。癖《くせ》になるぜ」

「椎茸ってどうしてこないに旨いのでっしゃろ。地味な食べ物ちゅうのに！」

「メカジキの衣揚げも絶品ですぜ！　かりっ、ふわっとして、味がよく沁みてますわ。漬け込んだのを揚げてやすな」

「そうだよ。醬油と酒と味醂《みりん》を混ぜ合わせたものに漬け込むと、メカジキって本当にいい味になるからね。そのままだと、淡白《たんぱく》だけどね」

「脂が乗ってる白身魚って、ホンマに蕩けますわ」

「いや、梅酒に合いますぜ、これ。両方合わさるとまさに極楽の味ですわ」

男たちは箸を動かしては梅酒を啜る。梅酒のほどよい酸味が、食欲を余計に増すのだろう。がんがん食べ、ぐいぐい呑み、忠吾は息をついた。

「いやあ、なんだか早くも酔ってきちまいやした。いつもながら料理も酒も旨過ぎやすぜ」

「おいおい、お前は酒はほどほどにしておけよ」と木暮は苦笑いだ。

この忠吾、男色の気があって実は木暮に〝ほの字〟なのだ。普段は恋心を抑《おさ》えているのだが、酔っ払うと時として暴走してしまうことがある。木暮はそれを危《き》惧《ぐ》していた。忠吾のことを手下として可愛がってはいても、恋の対象にされるのは……やはり遠慮したいのだ。

「いいよ、忠ちゃん。旦那の言うことなんて聞かないで、どんどんやってくれ！お花、徳利もう一本持ってきな」

「あいよ！　忠吾の兄い、ちょっと待っててね」

お花は黄八丈《きはちじょう》の裾《すそ》を翻《ひるがえ》し、板場へ飛んでいく。十八歳のお花は痩《や》せっぽちで、お紋曰《いわ》く「色黒で牛蒡《ごぼう》のよう」だが、元気いっぱいの明るさが魅力だ。母のお市のようなしっとりした色香は皆無《かいむ》だが、さっぱりとした気性のお花に惹《ひ》かれて店を訪れるお客も結構いる。じゃじゃ馬娘のお花は、〈はないちもんめ〉の看板娘でもあった。

「おい！　忠吾には酒を呑ますなと言ってるだろ！　……わざとやってるな、お前ら」

苦々しい顔をする木暮に、お紋は欠けた前歯を覗かせ、けらけら笑う。

「おかしな夢見て涎垂らしてた罰《ばち》だよ。忠ちゃんの一途《いちず》な思いを受け止めれば、旦那の誰かさんへの妄執《もうしゅう》なんかなくなるだろうからね」

「また減らず口叩《たた》きやがって、この婆あ！」

お紋が舌を出していると、お花が徳利を持って戻ってきて、忠吾のぐい呑みになみなみと注ぐ。

「おい、忠吾。ゆっくり呑め」と木暮が窘《たしな》めるも忠吾は一気に呑み干し、「ふうっ」と息をついて妙に長い睫毛を瞬《しばた》かせる。

「なんだか火照ってきちゃった……あたし」

忠吾は呟き、羆の如く毛むくじゃらの胸元をそっとはだけた。しどけなく女のように脚を揃《そろ》えて崩す忠吾に、お紋とお花は大喜びだ。

「忠ちゃん、色っぽいよ！」

「忠吾の姐《ねえ》さんと呼ばせてもらう！」

「立派な女親分でんがな」

坪八も出っ歯をさらに剝《む》き出し、嬉しそうに事の成り行きを見ている。

「あら、みんな、いいこと言ってくれるじゃない」

嬉々とする忠吾の傍《かたわ》らで、木暮は「だからこいつを乗せるなって！」と苦い顔だ。

そこへ、ようやくお市が戻ってきた。

「あら、皆様楽しそうですこと。忠吾さんと坪八さんもいらっしゃいませ」

「女将さん、御丁寧《ごていねい》にありがとうございますぅ。料理も酒も飛び切り旨くて、賑やかにやってますぅ」

「まあ、そう仰っていただけて嬉しいですわ。ごゆっくり召し上がってくださいね。……では、私、またちょっと御挨拶して参ります」

お市は微笑みながら礼をする。木暮は思わず口走った。

「おい、女将、もう行っちまうのかい？」

「すぐ戻って参ります。それまでどうぞ皆様で盛り上がっていてください」

お市は木暮の肩にそっと手を置き、再び席を離れた。その悩ましい後ろ姿に目をやりつつ、木暮は手に持ったぐい吞みを揺らし、首筋をそっと掻く。梅酒がふわっと香った。


〈はないちもんめ〉の創業者であり、お紋の夫だった多喜三《たきぞう》が病《やまい》で逝《い》ったのは、二十年前のことだ。

腕のよい板前だった多喜三とお紋は惚れ合って夫婦《めおと》となり、懸命《けんめい》に働いて念願の店を持った。店の名を〈はないちもんめ〉とつけたのは、多喜三の母であったお花、女房のお紋、娘のお市の名を繋《つな》げ、語呂《ごろ》のよいものをと考えたからだ。そのお花と多喜三は病で相次《あいつ》いで亡くなり、お紋は三十五歳で寡婦《かふ》となった。

その一年後、店を手伝っていたお市は十七歳で夫を持った。〈はないちもんめ〉で板前をしていた順也《じゅんや》という男だった。そしてお市の娘は、「花」と名づけられた。先代のお花は明るく穏《おだ》やかで、とても良い気性だったので、お紋は義母に敬意を籠《こ》めて、孫に同じ名をつけたのだ。

こうして〝はな〟〝いち〟〝もん〟が再び揃った。順也が労咳《ろうがい》で亡くなった八年前には目九蔵が板前として店に入ったので、図《はか》らずもまさに〈はないちもんめ〉と相成《あいな》り、今に至っている。

多喜三が店の名に籠めた、「一匁《いちもんめ》の花のように素朴《そぼく》で飾り気なく、でも、皆を和《なご》ますことが出来る、そんな店にしたい」という信条を守りながら。

店を閉めて板前の目九蔵が帰ると、お市たちは遅い晩飯を持って二階へ上がった。三人にはそれぞれ自分の部屋があるが、御飯を食べたり団欒《だんらん》するのはいつもお市のところだ。

「夜になると冷えるようになってきたわね」

「来月には炉開《ろびら》きだもんね。早いもんだ」

「あたいは炬燵《こたつ》が好きだから、寒い季節って嫌じゃないんだ。食べ物もいっそう美味しくなるしね」

「ああ、確かにこれからの時季は美味しいもんが増えるわ」

ちなみにこの時代の九月は現代の十月にあたる。来月の十月は十一月にあたるので、炬燵や火鉢も必要となってくるのだ。

目九蔵が用意してくれていた晩飯は、〝メカジキの衣揚げ丼〟と〝椎茸と人参の味噌汁《みそしる》〝人参の漬物〟だ。仕事の後、お腹が空《す》いているので夢中で頬張りつつも、はないちもんめたちは姦《かしま》しい。お紋が声を上げた。

「旦那たちが褒めてたけど、メカジキ本当に美味しいねえ！」

「丼《どんぶり》にするといっそういいね。目九蔵さん、つゆをたっぷりかけてくれるから好きだよ」

　お花は勢いよく掻っ込む。お市も食べる手を止めない。

「そういえば旦那たちには出さなかったわね、丼。悪いことしたわ、こんなに美味なのに」

「どうせまたすぐに来るんだから、その時に出せばいいよ」

「おっ母《か》さんがなかなか戻ってこなかったから、木暮の旦那、あの後すぐに帰っちゃったんだよね。忠吾の兄いも危なくなってきたから逃げたね、あれは」

「私たちからしてみれば面白いんだけれどね、忠ちゃんのあの変貌《へんぼう》ぶりは。でも旦那にとっては怖いものがあるんだろうよ」

「忠吾さんは大きいから、あの力で押さえつけられたら、旦那も抵抗出来なさそうよね」

「男の操《みさお》を奪われそうだ！」

三人ともよく食べ、よく喋《しやべ》り、よく笑う。漬物を齧《かじ》りつつ、お花が思い出したように訊《たず》ねた。

「来月、尼寺《あまでら》の法会《ほうえ》に行くって話はどうなったの？」

「ああ、行くよ。午前《ひるまえ》に始まるから、その日は昼餉《ひるげ》は休んで、夕餉《ゆうげ》だけ開くつもりだ。うちは檀家《だんか》でもないのに折角《せっかく》誘ってくれたお国《くに》さんに悪いからね」

お国とは〈はないちもんめ〉のお客の一人で、お紋と歳が近くて仲がよいのだ。

来月の神無月《かんなづき》（十月）には、頻繁《ひんぱん》に寺院での法要が行われる。神がいない間に仏が縄張りを広げる、とも言われるぐらいの多さだ。

その最たるものが、浄土宗《じようどしゆう》の増上寺《ぞうじようじ》で行われる十夜法要である。ほかにも禅《ぜん》宗《しゆう》の達磨忌《だるまき》、浄土真宗の報恩講《ほうおんこう》、日蓮宗《にちれんしゆう》の御命講《おめいこう》などがあった。それら様々な寺院で、念仏読経《どきよう》や法話説法、信徒祈願などがなされるのだ。

お国がはないちもんめたちを誘ったのは、浄土宗の尼寺〈清心寺《せいしんじ》〉の法会だった。

「お国さん、言ってたんだ。よい説法が聞けるし、御住職様たちも楽しい方々で、なんといっても説法の後で振る舞われる料理が美味しいってね。お国さんは料理をずいぶん褒めていたから、興味を持ったって訳さ。どんなものを出すんだろう、ってね」

「料理屋の性《さが》よね。私もどんな料理か知りたくなってしまうもの」

お市は微笑む。

「尼寺なら、男は入れないのかな。目九蔵さんも一緒にどうかなって思うんだけど」

「檀家さんは大丈夫みたいだよ。でもうちは違うし、板前まで連れてくのは図々しいかもしれないね」

「そうね。目九蔵さんも遠慮しそう、あの人なら」

「じゃあ、あたいたちだけで行って、目新しい料理があったら帰ってきてから目九蔵さんに教えてあげようよ」

「そうだね。そうしよう」

尼寺は一般的に檀家が少ないが、〈清心寺〉はそこそこ持っている。来月の法要で振る舞われるお斎《とき》は無料であり、いわば炊き出しで、それを目当てに参加する者たちが多いという。

「本来は檀家さんたちへの御奉仕なのに、気前がいいのね。それ以外の人の参加も許してくれるなんて」

「まあ、一応は檀家の知り合いのみ、ってことだけどね」

「婆《ばあ》ちゃんは顔が広いからな。長ーく生きてるだけあって」

「ふん、そのおかげでお前もお斎にありつけるんだから、感謝おしよ」

「あいよ」

気のない返事をして、お花は耳朶《じだ》を掻く。

「うちの菩提寺《ぼだいじ》は十月の御法要はないのよね」

「そうだね。お彼岸《ひがん》にお墓参りに行った時、御住職と少しお話し出来たけどね」

「御先祖様に会いにいくと、あたいでもなんだか心が落ち着くんだ。家でお仏壇を拝《おが》むのとは、また何か違うんだよね」

「おや、お前もたまにはいいこと言うじゃない」

「不思議よね。お墓の前だと、お線香っていっそう薫《かお》るような気がするの。御先祖様も喜んでくれているのかしら」

三人はしみじみと頷き合う。はないちもんめたちの檀那寺《だんなでら》は本所深川《ほんじょふかがわ》にあり、春と秋の彼岸には、三人で必ず墓参りをする。〝ずっこけ三人女〟とか〝三莫迦《ばか》女〟などと呼ばれていつもはふざけているように見える三人だが、自分たちが今こうして遣《や》り甲斐《がい》のある仕事を出来るのは御先祖様のおかげと、深い感謝の念をも持ち合わせているのだ。

「そういやお彼岸の頃に出したおはぎは大好評だったね」

「目九蔵さんの作るおはぎは美味しいもんねえ。甘過ぎず、もちもちと柔らかくて、餡子《あんこ》も黄粉《きなこ》もたっぷりで」

「やだ。また食べたくなってきちゃった」

「尼寺ではどんな料理を出してくれるんだろう。楽しみだ」

お花は唇を舐め、お紋は大きく瞬《まばた》きをした。

「尼の暮らしってのも憧《あこが》れるね。法体装束《ほったいしょうぞく》に身を包んだ、禁欲的な暮らしってのは、私にぴったりだと思うんだよ」

お花は思わず「ははは」と冷笑する。

「笑わせんなよ、婆ちゃん。煩悩《ぼんのう》の塊《かたまり》のようなツラしやがって。その歳でまだ役者なんかに熱上げて、毎日『銀之丞《ぎんのじょう》～』って悶《もだ》えてるくせによ」

銀之丞とは市村座《いちむらざ》の看板役者である澤向《さわむかい》銀之丞のことで、お紋はその錦絵《にしきえ》を壁に貼り、それを眺めては毎日身悶えしているのだ。お紋曰く、「一日一悶え」が若さの秘訣《ひけつ》とのことである。それゆえ、そこを孫に突かれたのだが、お紋は涼しい顔だ。

「おや、お前は私がその昔、高潔で貞淑《ていしゅく》な尼僧《にそう》のようだと言われていたことを知らないね？」

「高潔……って。知るか、そんなこと。初めて聞いたわ！」

「じゃあ、耳の穴をかっぽじってよーく聞いて、よーく覚えておくんだよ。私はその昔よく言われたものさ。お紋さんは信仰心が篤《あつ》く、身も心も清らかな尼のようだ。慎《つつし》み深く、思いやりに溢れ、真と善と美に追従《ついじゅう》して生きている。まさに尼僧のような高潔さだとね」

「垂れ尻《ケツ》さ」

「なにをっ」

「なんだとっ」

祖母と孫が睨《にら》み合い、お市は——また始まった——と酸《す》っぱい顔になる。

「私のお尻のどこが垂れてるってんだい！　これでも娘時代からお尻にはちょいと自信があるんだよ！　お紋さん自慢のお尻さ！」

「なにが自慢だよ。そんなもん勝手に自慢されてもこっちが困るわ！」

「なにを言ってんだ、このすっとこどっこいが！　まな板みたいな胸しやがって」

「なんだとぉ？　あたいの胸をいつもいつもまな板って言いやがって、この糞婆《くそばば》あ！　これでも少しは膨《ふく》らんでんだよ、莫迦《ばか》にすんな！」

「ほう、じゃあ今ここで見せてみな。じっくり見てやるから」

「嫌だよ！　それに毎朝湯屋に行った時に見てんだろうよ」

「湯屋じゃ煙がもうもうとしてて、はっきり見えないじゃないか。ここならよく見えるだろ」

「じゃあ先に婆ちゃんが見せろよ、汚いお尻《ケツ》を！」

「また言ったね！」

間に挟まれたお市は耳を塞《ふさ》ぎ、怒鳴った。

「ああ、もう、いい加減にしてよっ！　今の今まで法会だのお墓参りだのいいことを話していたのに、どうしてこうなるのよ！　私だって疲れてるんだから休ませてちょうだい」

お市に睨まれ、お紋とお花はしゅんとする。二人は「反省します」と、それぞれの部屋へ帰っていった。静かになった部屋で、お市は独り溜息をつく。

——反省する、なんて言って、次の日にはけろりと忘れて同じことを繰り返すのよね。あの二人は――

呆《あき》れつつも、笑いが込み上げる。苦々しいものであるが。

お市は障子《しょうじ》窓《まど》をそっと開け、空気を入れ替える。来月は炉開きだ、夜風はもう肌寒い。

お市の夫だった順也の菩提寺は、こちらの菩提寺とは別だが、お市は今でも祥《しょう》月《つき》命日と、春秋の彼岸には墓参りを欠かさない。仕事が忙しいのでさすがに毎月は行けないが、一年にその三度は必ず赴《おもむ》いていた。

――順也さんのこと、今でも大切に思っているの。その気持ちに嘘《うそ》はないわ。……なのに、どうしてなのかしら。一度限りだった、あの男《ひと》のことがずっと忘れられないなんて――

お市は夜風に頰を撫《な》でられながら、そっと目を瞑る。お市には、お紋にもお花にも決して話せぬ、自分だけの秘密があった。

お市が旅役者の段《だん》士《し》郎《ろう》と一夜を共にしたのは、四年近くも前のことだ。その頃江戸を訪れていた段士郎は、旅一座の仲間たちを連れて〈はないちもんめ〉によく食べにきてくれていた。それがきっかけで、既《すで》に寡婦だったお市は、段士郎と契《ちぎり》を結んでしまった。親分肌で情に厚い段士郎に、お市は強く惹《ひ》かれたからだ。

段士郎はそれからすぐに江戸を離れてしまい、いわゆる行きずりの関係であったが、お市は未《いま》だに忘れることが出来ずにいる。段士郎との思い出は、お市の心にも躰にも強く残ってしまった。

――順也さんを決して忘れた訳ではないのに……ダメね、私って。だから莫迦って言われちゃうんだわ――

お市は自嘲《じちよう》の笑みを浮かべる。お市は順也に今でも感謝をしつつも、段士郎が再び江戸を訪れることを密《ひそ》かに待っているのだ。別れ際に言われた、「また必ず、江戸に来る。それまで元気でいてくれ」という段士郎の言葉を信じて。

二

澄《す》んだ青空に鰯雲《いわしぐも》が浮かんでいる。月が替わり、はないちもんめたちは〈清心寺〉の法会に訪れた。こぢんまりとした寺の庭にある大きなイチョウの木からは樹香が漂い、彼岸花《ひがんばな》が赤白入り混じって咲いている。イチョウの葉はまだ青いのに、既に銀杏《ぎんなん》がいくつも転がっていた。

集まった三十名ほどの者たちは女人《によにん》ばかりで、本堂の中で住職の話を聞いた。

「本日はようこそいらっしゃいました。御一緒に仏法について考え、語り合い、親睦《しんぼく》の一時を持てますことを願っております」

住職の貞心尼《ていしんに》はそう挨拶し、皆に一礼をした。貞心尼はとても還暦《かんれき》とは思えぬほど顔色がよく、背筋も伸びて、活力に満ちている。信徒たちの悩み事など吹き飛ばしてしまいそうな大らかな笑顔が、なんとも魅力的だ。

「説法と申しましても、どうぞ楽な気持ちでお聞きください。その後のお斎もどうぞお楽しみに」

貞心尼に続いて副住職の寂心尼《じゃくしんに》からも挨拶があった。寂心尼は、貞心尼より十歳ぐらい下だろうか、ふくよかで人を和《なご》ませる優しい雰囲気に満ちている。もう一人、清和《せいわ》という見習いの尼がいるそうだが、寺では典座《てんぞ》の係で料理の一切《いっさい》を任されており、既にお斎の用意に入っているとのことで姿は見せなかった。

貞心尼の読経は朗々《ろうろう》と威厳があり、はないちもんめたちの胸にも沁みた。特にお紋は身動き一つせず、熱心に聞き入っていた。読経が終わると貞心尼は、浄土宗の祖である法然上人《ほうねんしょうにん》の教えや生涯などを、丁寧に分かり易《やす》く、時に面白みも込めて説《と》いた。

「新しい教えを広めようとなさった法然上人は、嫌がらせや迫害を受けました。

苦難に満ちた生涯でありましたでしょう。しかし、法然上人の教えが、今もこうして受け継がれているのです。法然上人の教えは、それだけ民《たみ》から求められたということなのです。私たちも教えを受け継ぎ、苦しみを乗り越えられました法然上人の志《こころざし》を敬《うやま》い、今こうして無事に生きていられることに感謝をしながら、日々の暮らしを豊かなものにして参りましょう」

貞心尼がそう締めくくると、集まった者たちは皆、自然に深々と頭を下げた。晩秋の風にそよぐ草花のように、誰もが皆穏やかな顔をしていた。

天気がよいので、お斎は寺の庭で振る舞われた。貞心尼、寂心尼を囲んで、檀家の人たちは誰もが笑顔だ。

「いいお話だったよ。檀家の皆さんにも信頼されているのが分かるね」

「来てよかっただろう？　御住職は信徒の皆の悩みにも親身になってお答えくださるんだよ。いいお寺なんだ、本当に」

お紋とお国は微笑み合う。その横でお花も頷いた。

「なんだかさあ、御住職のお話って心が洗われるようだった。あたいの胸にも響いたよ」

「あら、お花を唸らせるなんて、相当な御説法だったということね」

「お花が理解出来るぐらい、分かり易く話してくださったということだ。さすがは御住職様だよ」

お市とお紋が納得したように頷くと、お花はむくれた。

「ったく、二人してさ！　うちの家族ってホント一言余計だよな」

「まあまあ、お花ちゃん、拗《す》ねないで。あんたが御説法に感動するようになって、お紋さんもお市さんも本当は嬉しいんだよ。成長したな、ってさ」

お国はお花の肩を抱き、笑う。近くにいた檀家の者たちも声を掛けてきた。

「お国さんの言うとおりよ。若いのに御説法を聞いて心を動かされるなんて、たいしたものだわ」

お花は「そうかな」と照れくさそうに鼻の頭を掻いた。そんなお花を眺めながら、お市とお紋も微笑み合う。

すると尼たちが料理を運んできた。清和という見習いの尼はまだ若く、物静かで清らかな美しさが漂っていた。

「お料理を作らせていただきました。お召し上がりください」

清和は小さな声で挨拶すると、すぐに下がってしまった。檀家の者たちも手伝って、貞心尼と寂心尼が皆に料理を配る。心地《ここち》よい風に乗って、料理の芳ばしい匂いが辺り一面に漂うと、大人も子供も大喜びだった。

出されたのは、〝小松菜《こまつな》と茸《きのこ》の炒《いた》め物〟〝銀杏と牛蒡の炒め物〟〝松茸《まつたけ》御飯〟〝薩《さつ》摩芋《まいも》の甘酒〟〝花梨《かりん》の蜂蜜煮《はちみつに》〟そして〝索餅《さくべい》〟だ。

「〝花梨の蜂蜜煮〟は料理屋〈はないちもんめ〉さんからのお布施《ふせ》です。〈はないちもんめ〉さん、ありがとうございます」

貞心尼が紹介すると、皆口々に礼を述べ、はないちもんめたちに頭を下げる。三人は恐縮した。

「そんな……お布施というほどのものではありませんが、うちの板前が心を籠めて作りましたので、お召し上がりくだされば嬉しいです」

お市が皆に礼を返すと、あちこちで声が上がった。

「〝花梨の蜂蜜煮〟って初めて食べるわ。楽しみね」

「とっても綺麗《きれい》な色ね、お母さん」

五つぐらいの小さな娘とその母親が話しているのを聞き、はないちもんめたちも微笑ましくなる。皆、笑顔でお斎を味わった。

「これ美味しいなあ！　婆ちゃんとおっ母さんも食べてみなよ」

〝小松菜と茸の炒め物〟を頬張り、お花は思わず声を上げる。孫の皿に手を伸ばして摘まんで味わい、お紋も目を瞠《みは》った。

「ホントだ。ぴりっと辛くて、コクがあってなんともいい味じゃない。……これは、唐辛子《とうがらし》かい？　でも、ただの唐辛子の味ではないね。なんだろう。初めて食べる味だ」

「婆ちゃんもそう思う？　あたいもこういう味は初めてだ」

お市も「どれ」と味を見て、目を瞬かせた。

「この味付け、こちらの〝銀杏と牛蒡の炒め物〟と同じじゃないかしら。どちらもとても美味しいけれど、不思議な味わいね。私も初めてよ、こんな味は。お味噌が入っているような気がするけれど……入っていないような気もするし。どちらかしら」

「胡麻油《ごまあぶら》を使ってるよね。兎《と》にも角《かく》にも、あたいの好きな味だ。この辛さが癖になって、どんどん食べたくなっちまう」

よほど気に入ったのだろう、お花は夢中で頬張る。

「銀杏は、この大きなイチョウから採れたものだね。木を眺めながら味わうと、いっそう乙《おつ》なもんだ」

「このピリ辛の味付け、銀杏と牛蒡にもよく合ってるわ。ホント、どうやって作っているのかしら。目九蔵さんだったら分かるかしらね、この味付け」

「そうだね。持って帰りたいけれど……無理かね」

お市とお紋が悩んでいると、お国が教えてくれた。

「大丈夫だよ。皆、毎年持って帰っているからね。来られなかった家族の者たちに食べさせてあげたいって。そういう私も持ち帰り組だよ」

「あら、それはありがたいわ！　私たちもそうしましょうよ、お母さん」

お市とお紋の顔は明るくなった。

「これほど美味しいなら、目九蔵さんにも食べさせてあげたいもんね」

「次の催《もよお》しには目九蔵さんも誘いなよ。図々しいことなんてないからさ！　……それに御住職や副御住職も、男の人がいたほうが案外楽しいかもしれないしね」

「目九蔵さんも喜ぶよ」

お紋とお国は微笑み合った。

空の下で味わう料理は一段と美味で、皆和やかな顔をしていたが、中でも一際目を引く者がいた。歳の頃十七ぐらいだろうか、可憐《かれん》で楚々《そそ》とした美しい双子の姉妹だ。一人は華やかな橙《だいだい》色の着物を、もう一人は爽《さわ》やかな若草色の着物を纏《まと》っている。

「あの人たちも檀家さん？」

お市が訊ねると、お国は答えた。

「さあ、どうだろうね。今まで見掛けたことはないから、たぶんあんたたちと同じように、檀家の誰かに誘われてきたんじゃないかな」

すると近くにいた三十歳ぐらいの内儀さんが教えてくれた。

「檀家のお時《とき》さんのお知り合いですって。いいところのお嬢さんみたいね。ほら、先月末に日本橋《にほんばし》で秋祭りがあったじゃない？　その時、二人で舞妓《まいこ》の姿で〈菊づくし〉を踊って、話題になったそうよ。さながら一対《いっつい》の菊人形のよう、美人の双子舞、って。西川流《にしかわりゅう》とのことよ」

「目立つもんね、あの二人。そういやおっ母さんも、娘時代、お祭りで踊ったことがあったって言ってたよね」

「ええ、これでも若い頃は踊りに夢中になったのよ。私は藤間流《ふじまりゅう》だったけれど」

「今じゃあちこち躰《からだ》が硬くなっちまってるけどな」

娘ににやりと笑われ、お市は軽く睨んだ。

「お花は踊りはまったく続かなかったわよね。あたいには、扇子《せんす》より竹光《たけみつ》のほうが合っているなんて言って。道場に通いたいって騒いだこともあったし。まったく、どうしようもないお転婆《てんば》だったわ。今もだけど」

「仕方ねえよ。人には得手不得手《えてふえて》ってもんがあるんだからさ」

お花は舌を出す。お紋は大きく頷いた。

「確かにそのとおり。お前に扇子じゃ、猫《ねこ》に小判、猿《さる》にビードロだ。お花は踊りって柄ではないよね。曲芸は出来そうだけれど」

見透《みす》かされたようでお花はどきっとし、言葉に詰まる。お花は祖母にも母にも内緒で、軽業《かるわざ》芸を副業としているからだ。お花は額に冷や汗を浮かべたが、お紋は孫の焦《あせ》りに気づかぬようだった。

「ところで〈笹野屋《ささのや》〉の大旦那って、本当に懲《こ》りないねえ。昨年の秋祭りであんなことがあったっていうのに、何事もなかったかのように今年も盛大に催したみたいだね。美人の双子に舞妓の恰好《かっこう》なんかさせちゃってさ」

「髪も割れしのぶに結《ゆ》わせたみたいよ」

「へえ、そりゃまた大した余興《よきょう》だ」

お紋は呆れつつも〝松茸御飯〟を口いっぱい頬張り、満足げな笑みを浮かべる。

ちなみに笹野屋宗左衛門《そうざえもん》とは日本橋の呉服問屋《ごふくどんや》の大旦那で、〈はないちもんめ〉にも妾《めかけ》と一緒によく訪れる。妾とは深川《ふかがわ》遊女あがりのお蘭《らん》。なんとも妖艶《ようえん》な二十九歳で、疎《うと》ましいほどの美貌《びぼう》と色香に、お紋とお花が時折ちくりと嫌味を放っても、それを物ともしない天晴《あっぱ》れな女だ。そんなお蘭も〈はないちもんめ〉の常連であった。

それはさておき、件《くだん》の双子の姉妹は〝索餅〟を特に気に入ったようで、二つ、三つと食べていた。

「楽しんでいただけてますか」

貞心尼が姉妹に声を掛けると、二人は「はい、とても」と答え、橙色の着物を纏ったほうが訊ねた。

「このお料理、初めて食べましたが、とても美味しくて驚いています。昔からあるものなのですか」

「ええ。奈良時代から伝わる菓子です。もともとは七夕《たなばた》に食べるものなのですが、法会で出したところ皆さんに好評だったので、うちでは時季関係なくお出しすることにしました」

双子は愛らしく頷いた。

「そうなのですか。本当に美味しくて……止まらなくなってしまいます」

「こちらは饂飩粉《うどんこ》を捏《こ》ねて作ってらっしゃいますよね？」

今度は若草色の着物を纏ったほうが訊ねる。

「はい。饂飩粉と米粉を水で練り、その生地に塩と胡麻を加えて捏ね、細長くねじって縄のような形に作るのです。それゆえ昔は〝麦縄《むぎなわ》〟とも呼ばれていたといいます。形作ったものを昔は茹《ゆ》でていたようですが、うちでは揚《あ》げております。この〝索餅〟は、素麵《そうめん》の原形とされるものなのですよ」

貞心尼の説明を聞きながら、はないちもんめたちも喉を鳴らす。すると寂心尼が〝索餅〟を運んできてくれた。

「よろしければ、どうぞ。こちらは揚げたてです。熱いのでお気をつけて」

「ありがとうございます！」

三人は笑顔で索餅を摑み、揚げたてのそれを頰張る。「はふはふ」と言いながら、なんとも芳ばしい味わいに三人は目を見開いた。

「弾力があって、絶品だ！」

「いいわね、これ。お菓子っていうより、御飯の代わりでもよさそう」

「また胡麻が利いてるねえ。これなら二つ、三つといきたくなるよ」

お紋は目を細め、小声で呟いた。

「……うちで出したら大当たりだろうね」

それが聞こえたのか否《いな》か、住職は笑顔で大きな声を上げた。

「皆さん、今年も索餅が好評のようですので、どうぞ御自由にお持ち帰りください」

「それは嬉しいです！」

はないちもんめや双子の姉妹は、満面に笑みを浮かべる。

ほかの料理も概《おおむ》ね好評で、あちこちから感嘆《かんたん》の声が聞こえた。

「松茸御飯、うっとりするような味と香りね。ほくほくとして、お醤油の加減が絶妙だわ」

「この木から採れる銀杏って、毎年本当に上等だねえ」

「甘酒、薩摩芋の風味がしっかりと残っていて、でも甘さは控えめだから、いくらでも飲めるね、お母さん」

双子の姉妹は、目九蔵が作った〝花梨の蜂蜜煮〟にも感心して、はないちもんめたちに話し掛けてきた。

「私たち、〝花梨の蜂蜜煮〟も初めて食べましたが、こんなに美味しいものなんですね」

「まさに蕩けるようね、姉様《ねえさま》。つるりと喉を通り、爽やかな甘みが残ります。あの酸っぱい花梨がこんなに食べやすくなるなんて、驚きです」

橙色の着物を纏ったほうが姉、若草色の着物を纏ったほうが妹のようだ。瓜二《うりふた》つであるが、間近で見ると、妹の右目の下には小さな黒子《ほくろ》があった。

礼儀正しい姉妹に、お市の顔もほころぶ。

「お褒めのお言葉、板前も喜びます。よろしければ、花梨もお持ち帰りくださいね」

「是非《ぜひ》！」と双子の姉妹は声を揃えた。まるで二羽の雲雀《ひばり》がさえずっているかのような愛らしさだ。

陽が重くなり、風に少し冷たさを感じるようになった頃、お開きとなった。皆、住職と副住職に御礼を述べ、帰途についた。

はないちもんめたちは〝小松菜と茸の炒め物〟と〝索餅〟を、双子の姉妹は〝索餅〟と〝花梨の蜂蜜煮〟を、それぞれ大切に持って帰った。

店に戻ると、目九蔵が夕餉の仕込みをしながら待っていた。

「目九蔵さん、お留守番ありがとう」

お市が声を掛けると、目九蔵は「お疲れさまでした。今、お茶をお持ちしますさかい」と返した。

「お茶、目九蔵さんの分も持ってきなよ！　お土産《みやげ》があるからさ」

お花の言葉に、目九蔵は「へえ、おおきに」と頭を下げた。

お紋は座敷に腰を下ろし、「いやあ、いい法会だったよ」と一息つく。目九蔵がお茶を運んでくると、お花は早速、包みを開いた。

「ほう、これは旨そうでんな」と目九蔵は目を細める。

「〝小松菜と茸の炒め物〟と〝索餅〟さ。目九蔵さん、〝索餅〟って知ってた？」

「へえ、七夕の時に食べますな」

「恥ずかしいことに私、〝索餅〟って知っていたけど、今日まで食べたことなかったの。こんなに美味しいとは思わなかったわ」とお市は苦笑いする。

「私ゃあ食べたことはあったけど、この索餅は段違いだと思ったよ。ずいぶん腕がいいね、あの尼寺の典座は。見習い尼とかいう話だったけど、信徒たちのために心を籠めて作ってるんだろうね。まあ、索餅はいいとして、この小松菜と茸のほうさ。これも絶品なんだけれど、この味付けの正体が今一つ分からないんだ」

「そうなんだよ。あたいたち皆、こういう味は初めてで、いったいどうやって味付けしてるのか、目九蔵さんに検分してもらいたかったんだ。それで持って帰ってきたんだよ」

「目九蔵さん、食べてみて」

皆に促《うなが》されるまま目九蔵は料理を口にし、首を傾《かし》げた。

「ふうむ……。なるほど旨いでんなあ。なんともコクがあって、ピリッとしますが後を引かないといいますか、食欲が増すような辛さですな。わてもこのような味は初めてですわ。たしかに胡麻油は使われているようですが、複雑な味ですわ。はて、いったいどんなふうに味付けしてるんでっしゃろ？」

「目九蔵さんをもってしても分からないってのかい」とお紋は目を瞬かせる。

「へえ、すみません。このような味は、本当に今まで知りませんでした。いったい何を使ってはるのか。味噌の風味が微《かす》かにするように思いますが」

「そうよね、私もお味噌を感じたのよ。このコクには」とお市が身を乗り出す。

「味噌と胡麻油と唐辛子ですかかな？　ちょうど小松菜と茸がありますんで、同じもの、ちょっと作ってみますさかい」

「さすが目九蔵さんだ！　頼んだよ」

はないちもんめたちの笑顔に見送られ、目九蔵は板場へと向かった。

少し経って、目九蔵は料理を持って戻ってきた。湯気の立つ〝小松菜と茸の炒め物〟を頬張り、はないちもんめたちは相好を崩す。

「あら、美味しいじゃないの、これ」

「胡麻油と唐辛子と味噌の味付けって滅茶苦茶《めちゃくちゃ》いいなあ!」

「これで御飯どんどん食べられちゃうわね」

三人はあっという間に皿を空けたが、一息ついて神妙な顔になった。

「絶品だったけれど……この味とは、やはりまたちょっと違うねえ」

「あたいも思った。似てるけれど、違う」

「どうやって味付けしたのかしら、本当に」

三人は溜息《ためいき》をつくも、お紋が明るい声を出した。

「でもこれはこれで充分いけるから、店で出そうよ!」

「あたいも賛成だ。目九蔵さんのこの味付け、絶対にウケると思うよ」

「そうね。お酒にも合う味だもの」

だが目九蔵は浮かない顔だ。

「励《はげ》ましのお言葉ありがとうございます。……仰《おつしや》いますように、この味付けでもいいのでしょうが、再現出来ずになんだか悔しいですわ。わても味見して思ったんですわ、こんな簡単な味付けちゃうと」

「目九蔵さん、なにもそこまで負けん気を起こさなくてもさ」

お紋が顔を顰《しか》める。

「いえ、板前として不甲斐《ふがい》ないですわ。……お持ち帰りになった料理には、もっと味に深みがありましたさかい。唐辛子なんかを混ぜ合わせたものを熟成させているのかもしれまへんな」

目九蔵は三人に向かって頭を下げた。

「時間をくだはりますか？　あの味を突き止めるために、色々試してみますわ」

「目九蔵さん、そんなに真剣にならなくてもいいよ！　いえね、ちょっと不思議な味だったからさ、目九蔵さんの意見を聞いてみたかっただけなんだよ。悩ませちゃって、悪いことしたね」

「婆《ばあ》ちゃんの言うとおりだ。目九蔵さんはただでさえ忙しいのに、こんなことまで相談しちまって、ごめんね」

「私たち頼りにし過ぎちゃうのよね、目九蔵さんのこと。ホント、そこまですることないわ」

しかし目九蔵は腑《ふ》に落ちぬといったような顔で、首を横に振る。

「へえ、お気遣いすんません。でも板前としてはやはり納得いきませんさかい、手が空いた時にでも考えてみますわ」

はないちもんめたちは顔を見合わせ、微かな笑みを浮かべる。料理に対して一本気で生真面目《きまじめ》な目九蔵に、三人は絶大な信頼を置いているのだ。

お市はお茶を啜《すす》って首を捻った。

「あの尼寺秘伝の味付けなのかしらね」

「人騒がせな尼寺だぜ」

「法会はよかったけれどね」

はないちもんめたちは足を崩してお腹をさすった。


双子の姉妹が深川は大島村《おおじまむら》の家へと戻った時には、すっかり日が暮れていた。

姉妹は、姉をお千枝《ちえ》、妹をお千代《ちよ》といい、座頭《ざとう》の徳《とく》の市《いち》の養女であった。

五十歳の徳の市は按摩《あんま》、鍼灸《しんきゅう》の仕事のほかに琵琶《びわ》も弾き、金貸しもして金子《きんす》を貯めているので、近々座頭から勾当《こうとう》に盲人《もうじん》の位《くらい》が上がる。ちなみに座頭とは公儀の保護を受ける盲官《もうかん》であるが、その位では一番下である。座頭の上には、順に勾当、別当《べっとう》、検校《けんぎょう》とあり、盲人の位は金子で買えるが相当に入用《いりよう》となる。ちなみに検校に昇り詰めるまでにはおおよそ七百十九両（約七千百九十万円）が必要だった。そのため、盲人は金貸しをして金子を貯めるということが公認されていたのだ。

徳の市は金貸しの仕事を日本橋の高砂町《たかさごちょう》でしており、大島村の一軒家は言わば別宅のようなものだが、ほぼ毎日帰ってくる。妻を喪《うしな》っている徳の市の世話をするために、お千枝とお千代は養女となったのだが、もう一人、面倒を見なければならない者がいた。

それは、離れの座敷牢《ざしきろう》に閉じ込められている、徳の市の息子である徳之助《とくのすけ》だった。

血が繋《つな》がっていないので、お千枝とお千代にとっては義兄になる。徳之助はお千枝たちより三つ上の二十歳で、二年ほど前から座敷牢に入っているという。お千枝たちが徳の市のところへ来たのは一年半ほど前なので、徳之助が座敷牢に入れられた理由ははっきりとは分からないが、養父によると、どうやら「面の呪い」にかかったらしい。

徳の市の弟である惣次郎《そうじろう》は腕の立つ面打師《めんうちし》（能面師）で、徳之助は面打師を目指してその叔父《おじ》に師事していたのだが、或《あ》る時、急に何かに取《と》り憑《つ》かれたように物狂いを始めてしまったそうだ。その時徳之助は、獅子口《ししぐち》という、黄金色《こがねいろ》の鬼神《きじん》の面を打っていたという。口をかっと大きく開き、牙《きば》を剝《む》き出《だ》したその形相《ぎようそう》は、確かに恐ろしいものである。

惣次郎曰《いわ》く、面を作る者にはあることらしい。そこで憑き物が完全に落ちるまで、座敷牢に入れて様子を見ようということになったのだ。

お千枝とお千代の姉妹が徳之助の世話をするといっても、三度の食事を運んだり、着物の洗濯をするぐらいで、ほかの細かなことは下男の余作《よさく》がしていた。徳之助は狂っているといってもおとなしく、日がな一日、虚《うつ》ろな目でぼんやりとしていた。

今でこそだいぶ慣れてきていたが、姉妹がこの家に来た当初、やはり徳之助に接するのは恐ろしかった。真っ暗な座敷牢の中で、徳之助は髪を伸ばし放題でぼさぼさ、髭《ひげ》はもじゃもじゃで、怯《おび》えたような目を時折光らせていたからだ。

しかし、彼が決して狂暴ではないと分かると、姉妹には次第に――こんなところに閉じ込められてしまってお可哀《かわい》そう――という憐憫《れんびん》の情が込み上げてきた。

そして今では、神社に参詣《さんけい》にいった時などに――義兄様の呪いが早く解けますように――と祈るようになっていた。

　姉妹は尼寺から戻ると、下女のお六《ろく》が作った夕餉を持ち、徳之助へと運んだ。

「姉様、これも持っていってあげましょう」

「そうね。義兄様、きっと喜ぶわ」

　姉妹は尼寺から持ち帰った〝索餅〟と〝花梨の蜂蜜煮〟を膳に載せた。あまりに美味しかったので、義兄にも食べさせてあげたかったのだ。

　姉妹は母屋《おもや》を出て、提灯《ちょうちん》を手に暗い庭を横切る。この家の庭にも彼岸花が咲いているが、尼寺のそれとは違って真紅《しんく》のものばかりだ。血の色の如き真紅の彼岸花が夜風に揺れる様《さま》は、篝火《かがりび》のようにも見える。姉は膳を、妹は提灯を持ち、離れの土蔵まで静々と歩いた。

　真っ暗な土蔵が提灯の薄明かりで照らされ、座敷牢の中の徳之助はびくりとしたように身を縮こませた。髪と髭に顔を埋《うず》め、一日中、牢の片隅で膝《ひざ》を抱えているのだ。

　姉妹は徳之助に微笑みかけ、余作から借りた鍵で牢の小さな窓口を開けると、そこから膳を中へ滑《すべ》らせた。

「今日、尼寺で法会があって、お斎で出されたものがとても美味しかったので、持ち帰ってきたんです」

「義兄《にい》様もどうぞ召し上がってください」

徳之助はいつものようにぼんやりとした目で膳を眺めていたが……索餅を摑むと、がつがつと貪《むさぼ》り始めた。

三

神無月の初亥《はつい》の日を亥《い》の子《こ》といい、その祝いを「玄猪《げんちょ》」という。新穀《しんこく》の収穫の祝いであり、炬燵や火鉢を出す炉開きもこの日だった。茶道《さどう》の世界でも炉開きは重要な行事である。また、亥の子には〝亥《い》の子餅《こもち》〟を食べる慣《なら》わしがあった。

目九蔵が腕を揮《ふる》って作る〝亥の子餅〟を味わいにくるお客たちで、〈はないちもんめ〉は賑わった。

京出身の目九蔵は、『源氏《げんじ》物語』にも登場する亥の子餅を、古くからの方法で作る。大豆《だいず》、小豆《あずき》、大角豆《ささげ》、胡麻、栗《くり》、柿《かき》、糖《あめ》の七種の粉を入れた餅をつき、丸めて捏ね、餡を包む。餅を猪《いのしし》の形に象《かたど》るのは、多産の猪にあやかり、子孫繁栄《はんえい》を祈るためだ。餡は、粒餡《つぶあん》、漉《こ》し餡《あん》、白餡《しろあん》の三種の中から好きなものを選べる。

そのほか、甘い物が苦手という人には、切干大根のものも用意しているので、毎年大好評だった。それゆえ〈はないちもんめ〉では初亥の日の前後三日も、亥の子餅を出すことにしていた。

そんな折、お滝《たき》がふらりと店を訪れた。黒と白練色の縞《しま》の着物を粋に纏ったお滝は、なんとも婀娜《あだ》っぽく、妖《あや》しい色香が匂い立っている。髪を潰《つぶ》し島田《しまだ》に結い、大きく衿《えり》を抜いて白いうなじを輝かせ、それでいて媚《こ》びずに凛《りん》とした美貌のお滝は、お花の憧れの女だ。そんなお滝の腕には、黒猫が抱かれている。黒猫もまた、美猫だった。

「姐《ねえ》さん、いらっしゃいませ！」

お花が無邪気な笑顔で犬ころのように駆け寄ると、お滝は微笑んだ。

「こんばんは。……お店、ずいぶん混んでるわね。上がれるかしら」

「大丈夫です！　……あ、でも少しお待ちいただけますか。もうすぐ空《あ》くと思うんで」

首を伸ばして座敷を見回すお花に、お滝は優しく言った。

「じゃあ、また出直してくるわ。今日は名古屋《なごや》のお土産を持ってきたのよ。……

その節は、色々御迷惑をお掛けしたから」

両国《りょうごく》の小屋で黒猫を操る芸を見せているお滝は、夏に起きた事件に関わり、お花たちをずいぶんと心配させたのだ。

「え、でも、せっかく来てくださったのに悪いです」

「そんなことないわよ。またゆっくり呑みにくるわ」

などと二人が言い合っていると、板場から目九蔵が顔を出した。

「これはこれは、いらっしゃいませ」

丁寧に一礼する目九蔵に、お滝は笑みを浮かべて風呂敷を差し出した。

「これ、お土産です。名古屋名物の八丁《はっちょう》味噌《みそ》。よろしければお使いください。……いつぞやは色々とすみませんでした」

照れたように頭を下げるお滝に、目九蔵は恐縮した。

「八丁味噌ですか！　いやあ、ありがたいですわ。早速使わせてもらいますさかい」

お滝にお土産を手渡され、目九蔵は目尻を下げて嬉々とする。お滝は店を見渡し、告げた。

「やはりまた出直して参ります。今宵はこれで」

「せっかくお越しくださったのに、えろうすいません。少しお待ちくだされば空くと思いますが……このぶんですと相席になってしまうかもしれまへんなあ」

申し訳なさそうに肩を竦《すく》める目九蔵に、お滝は微笑んだ。

「お店が繁盛《はんじょう》なさってるのは、いいことですもの。今宵はうちに帰って独りでゆっくり呑みます。それもまた乙なものですから」

するとお滝の腕の中で、黒猫が「にゃあ」と啼《な》いた。お滝は舌をちらりと出して、言い直した。

「間違えました、この子も一緒ですから、二人ですわ」

黒猫は満足げにお滝の胸に頰擦《ほおず》りする。それを眺め、お花と目九蔵は微笑んだ。

「少しだけお待ちください」

目九蔵はお滝に念を押してから板場へと急ぎ、包みを持ってすぐに戻ってきた。

「これ、八丁味噌の御礼に、わてからのお土産です。亥の子餅ですが、お滝さんは甘いものは苦手かと思いまして、切干大根が餡のものですわ。よろしければお酒のお供に召し上がってください」

包みを受け取り、お滝は華やかな笑みを浮かべた。

「ありがとうございます。喜んでいただきますわ。切干大根が入っている亥の子餅なんて初めてだから、食べるのが楽しみです」

「いやあ嬉しいですわ」

目九蔵はますます目尻を垂らした。

お滝が帰り、店の賑わいが少し落ち着いた頃、お花は隙《すき》を見てお紋に話し掛けた。

「ねえ。……目九蔵さんってさ、姐さんが来るとやけに嬉しそうだよね」

にやにやするお花に、お紋は「老いらくの恋かね」と薄ら笑いを浮かべる。

「あたいもそうじゃないかと怪しんで、さっき目九蔵さんにさりげなく訊ねてみたんだ。目九蔵さん、姐さんにずいぶんと親切だよねって。そしたら目九蔵さん、いつもの生真面目な調子でこう答えたさ」お花は咳払いを一つして、目九蔵の声色を真似た。「お滝さん、色々苦労なさったようですが、ああして頑張って生きてはる姿見ますと、応援したくなりますさかい……だってさ！　……それって、恋の前兆だよね」

「あの姐さん、えろう別嬪《べっぴん》やさかいな」

「堅物《かたぶつ》の目九蔵はんも一瞬で虜《とりこ》やで」

祖母と孫は顔を見合わせ、「くくく」と笑った。

ところで当の目九蔵は早速料理に八丁味噌を使いつつ、首を傾げていた。

――そういえば、あの尼寺の料理に使われていた味付けは、味噌は味噌でも豆味噌だったのかもしれへん。豆味噌に唐辛子を混ぜ合わせたようにも思えるが……。うーん、でもやはりどこか違うわ――

目九蔵は考え込んでしまう。あの味付けには、豆の味が確かにしたのだが、大豆ではないようにも思えたのだ。ちなみに八丁味噌とは、豆味噌である。豆味噌とは米や麦を使わず、大豆のみを発酵《はっこう》、熟成させたものだ。

亥の子餅を出す期間が終わった頃、お市は店に山茶花《さざんか》の生け花を飾った。日ごと寒くなるこの時季、赤や白、桃色の山茶花は店に華やぎを与えてくれる。温《ぬく》もりのある色合いが、お客たちに毎年好評なのだ。

そんな折〈はないちもんめ〉に、山茶花にも引けを取らぬ美しいお客が、思いがけず訪れた。その二人を見るなり、お市は目を丸くし、声を上げた。

「貴女方《あなたがた》、いつぞや尼寺でお会いした……」

「まあ、こちらのお店がそうだったのですか」

「入り口の軒行灯《のきあんどん》にお店の名前が書かれてあったわよ、姉様」

「うっかりしており失礼しました。その節は美味しいお料理をありがとうございました」

双子の姉妹は改めて、お市に一礼した。お紋とお花も出てきて、二人を迎えた。

「こうしてまた会えたのもなにかの御縁さ。今日はゆっくりしていってね」

「どうぞお上がりくださいい」とお花に促され、姉妹は座敷に腰を下ろした。

今宵、姉のお千枝は桜色、妹のお千代は水色の着物を纏い、共に生成《きな》り色の帯を結んでいる。相変わらずの愛らしさだが、尼寺で会った時に較《くら》べ、どこか沈んでいるようにも見えた。お花がお茶を運び、「何になさいますか」と注文を取ると、二人は風変わりなものを頼んだ。

「料理の名ははっきり分からないのですが」と前置きし、姉のお千枝は言った。

「中に色々な細かく切った具が詰まっていて、縦横五寸（約十五センチ）ぐらいの大きさで、梅の花のような形のもの……なのですが」

「は？」

奇妙な注文に、お花は目を丸くした。妹のお千代が身を乗り出す。

「そのようなお料理をご存じありませんか？　是非作っていただきたいのですが」

「ちょっとお待ちください」

とお花は断り、板場へと行って目九蔵に相談した。

「五寸ぐらいの、梅の花の形の料理ですか……はて、聞いたことありませんなあ」

目九蔵も首を傾げる。「どうしたんだい？」とお紋とお市がやってきて、皆で話し合ったが見当がつかない。

板場から出たはないちもんめと目九蔵は、姉妹に答えた。

「ごめんなさい。そのような料理は正直分かりません」

「饅頭《まんじゆう》のようなものですかな。でも縦横五寸といいますのは、饅頭にしては大きいような気もしますが」

目九蔵が言うと、姉妹は頷いた。

「お饅頭ではないでしょう。甘みはないようですから」

「細かく切った具というのは、具体的にどのようなものかお分かりになります？」

お市が訊ねると、お千枝が答えた。

「野菜ではないでしょうか。色々なものが混ざっているようです」

「それって蒸す料理ですか。それとも焼く料理ですかな？」と目九蔵が訊くと、
今度はお千代が答えた。

「私たちもよく分からなくて困っているのです。……でも、どうしてもその料理が何か知りたくて、こうして色々なお店をあたっているのです。そのような料理を出すお店、ご存じないでしょうか」

姉妹は真剣かつ複雑な表情で、疲れているようにも見える。その料理に何かいわくがありそうだと、はないちもんめたちは察した。

目九蔵が答えた。

「そないな料理や店といいますのは分かりまへんが、今のお話を手懸かりにちょっと作ってみましょか」

「それはありがたいです！　是非お願いいたします」

姉妹は声を揃え、頭を下げる。目九蔵は礼を返して板場へと下がった。

お花が姉妹に訊ねた。

「つまりは、お千枝さんもお千代さんも、その料理を召し上がったことがないんですよね。ほかの誰かのために、その料理を探そうとしているのですか?」

姉妹は大きく頷いた。

「仰るとおりです。身内の者が食べたがっているので、その料理を探しているのです。でも、お恥ずかしいことに、身内の者はその料理の名前も食べた場所も失念しておりまして、数日前から代わりに私たちが色々なお料理屋さんをあたっているという訳です」

「お料理屋さんで食べたことには間違いないようです。恐らく日本橋の近辺なのではと察しをつけ、今日はこちらのほうまで足を伸ばしてみたのです」

姉妹は息をつき、お茶を啜る。はないちもんめたちは顔を見合わせた。

「この界隈《かいわい》ではほかにどんな店をあたってみたんだい」とお紋が訊ねると、姉妹はお淀《よど》の店〈淀処《よどどころ》〉を挙げた。お淀とは、自分と同じく〝美人女将〟と称されるお市が気に食わないようでよく嫌がらせをしてくる、お紋とお花曰く〝幸町《さいわいちよう》の女狐《めぎつね》〟である。お淀はいい歳をしていつも桃色の着物を纏っているのだが、それがまた媚びを売っているようで二人は癪《しやく》に障《さわ》るのだ。

「おや、〈淀処〉にも行ったのかい?　どうだった?　変なものでも食べさせられなかったかい？」とお紋が訊ねると、姉妹は微かに笑った。

「変なものは出されませんでしたが、『そんなおかしな料理、分かる訳ないでしょ！』と怒られてしまいました、女将さんに」

「だからあのお店では何も食べずに出て参りました」

お紋は大きく頷いた。

「あの女将のやりそうなことだ！　あそこの女将はね、男には滅茶苦茶甘いけれど、女、特にあんたたちみたいな若くて綺麗な女には厳しいんだよ」

「よかったですよ。変なもの出されてお腹壊さなくて」

お花が続けると、さすがにお市が笑って取《と》り成《な》した。

「まあまあ、あのお店の話はそれぐらいにして！　……じゃあ、お二人たいへんね。このところお料理屋を梯子《はしご》なさってるって訳ですものね」

「そうなのです。〈はないちもんめ〉さんは今日立ち寄る、最後のお店です」

「どんなに遅くとも五つ（午後八時）には帰らないといけませんので」

「そうですか……。お力になれず、申し訳ありません」

お市は項垂《うなだ》れる。少し考え、お花は姉妹に訊ねた。

「どうしてその料理屋が日本橋近辺にあると見当をつけたのですか？」

「はい。その身内の者がかつて働いていた場所が、日本橋だったからです。だからその近くかと」

お千枝が答えると、お花は「なるほど」と頷いた。

長年ここで料理屋を営んでいるお紋も必死で思い出そうとするが、そのような料理を出す店に覚えはなかった。

「ごめんね。力になれなくて」と謝るお紋に、姉妹は丁寧に頭を下げた。

「こちらこそおかしなことをお訊ねしてしまって申し訳ありません」

そこへ板場から目九蔵が戻ってきた。

「こないなものを考えてみましたが如何《いかが》でしょう」

「まあ、素敵！」

姉妹は目を見開いた。

目九蔵が試しに作って持ってきた料理は、たしかに梅の花の形をしていた。細かく刻んだ葱《ねぎ》と椎茸を八丁味噌と併《あわ》せて胡麻油で軽く炒めたものを餡に、小さな饅頭を六つ作る。饅頭の直径は二寸足らずだ。梅は花びらが五枚なので、饅頭の一つを軸に、それを囲むようにして後の五つを花びらのように置いて形作り、蒸す。こうして甘くない〝梅の花饅頭〟を仕立て上げたのだという。

出来立て熱々の饅頭を頬張り、姉妹は破顔した。

「まあ、美味しい！　ほかほかで、葱味噌がぎっしりで芳ばしくて！」

「このもっちりした生地が堪りません。椎茸も利いていて……。姉様、もしかしたらこのようなお料理だったのではないかしら」

「そうね……でも」

お千枝は食べる手を一瞬止め、少し考え、続けた。

「平べったい、とも言っていたのよね、確か。とすると、このお料理は膨らみ過ぎているかもしれないわ」

「もっと平べったい、ちゅうんですか。では蒸すより焼いたほうがよろしかったかもしれまへんな」

目九蔵は腕を組む。お千代は取り繕《とつくろ》うように言った。

「でも、このお料理は確かに美味しいですもの。これで違っていても文句など一切ありません。板前さん、親身になって考えて作ってくださってありがとうございました。こちらのお店にお伺《うかが》いした甲斐《かい》がありました」

「そうね、お千代の言うとおりだわ。色々細かく申し上げてしまって、申し訳ありませんでした。このお料理、たいへん美味しいですし、もしやこれを平べったくしたものかもしれませんので、持って帰ってもよろしいですか？　身内の者に実際に食べてもらって、判断してもらいますので」

お市は笑顔で答えた。

「もちろんです。色々御事情がおありのようですが……お身内の方のお気に召《め》していただけると嬉しいですわ」

「では、お身内の方の分もお作りします」

目九蔵は急いで板場へと行く。目九蔵の料理を頰張り、姉妹の顔に精気が戻ったようで、はないちもんめたちも安堵《あんど》の笑みを浮かべた。

姉妹は、目九蔵が持たせてくれた包みを大切に抱え、何度も礼を述べて帰っていった。

「あの二人、感じいいよね。でも気になるな、身内っていったい誰なんだろう。親御さんかな」

姉妹の後ろ姿を見送りながら、お花がぽつりと言う。

「いずれにしろ孝行娘たちだよ。身内のためにああやって探し歩いているんだからね」

「あの二人、品もあるし、もしや御浪人の娘さんたちかしら」

お市が言うと、お花も頷いた。

「ああ、あたいもそう思った。でも……その割に着ているものなんか結構値が張りそうだよね」

「ほら、先月のお祭りで踊ったとか言ってたじゃない。だから恐らく、分限者《ぶげんしゃ》(金持ち)の町人の娘だろうよ。下女の目を盗んで、ああやって二人で探し歩いてるんだろうと思うよ」

謎《なぞ》めく双子の姉妹に、はないちもんめたちも興味を惹《ひ》かれるようで口さがない。三人であれこれ言っていると、今度は木暮たちがやってきた。同輩の桂右近《かつらうこん》、岡っ引きの忠吾、下っ引きの坪八も一緒だ。

「よう、今夜は幾分空いてるじゃねえか。ゆっくり出来そうだな」

「あら旦那方、お待ちしておりました。どうぞお上がりくださいまし」

お市のふくよかな優しい笑顔に、木暮は今宵も目尻を下げる。するとお紋がにやりと笑い、木暮を睨んだ。

「旦那、なんだい相変わらず助平な目でお市のことを眺めて！　薹《とう》が立ってもお市はこの店の看板娘なんだから、気安く手を出してもらっちゃ困るよお」

「あらお母さん、薹が立っても、ってのは余計よお」

お市は不貞腐《ふてくさ》れ、お紋は木暮の尻をぎゅうっと抓《つね》る。

「痛《いて》っ！　痛えじゃねえか、この婆あ！　なんだかんだと理由をつけて俺様の尻を触りやがって。そんなに俺様の尻がほしいのか！」

　すると忠吾が木暮の尻をじっと見つめて、長い睫毛を瞬かせる。

「いや旦那は本当にいい尻してますぜ。ぷりっと引き締まって、上向きで」

「……ったく、忠吾、お前まで俺の尻をそんなに見るな！」

　木暮は顔を思い切り顰める。

「まあまあ見られるだけなら減るもんじゃないさかいに」

　坪八は驚くほどの出っ歯を剝き出しにして相変わらずうるさく、桂は苦笑いだ。ちなみに桂右近は木暮より二つ下の四十一歳で、木暮とは違って二枚目で仕事もそつなくこなし、よき仕事人であり、よき夫、よき父親である。まさに非の打ちどころのないような男であるが、この桂、どういう訳か非常に薄毛で、本人もいたく気にして付け鬢《つけびん》（付け毛）をしている。巧《うま》く誤魔化《ごまか》せていると本人は澄《す》まし顔だが、木暮をはじめほとんどの者がそのことに気づいていた。それについて何も触れないのは、桂がなかなかの見栄《みえ》っ張《ぱ》りなので、その沽券《こけん》を傷つけては可哀そうとの配慮からだった。周りから密かに憐《あわ》れまれている二枚目というのも、なかなか風情《ふぜい》があるものだ。

「皆さん、上がって、上がって！　ほら、木暮の旦那もお尻を触られたり抓られたり見られたぐらいで文句言わないでさ！」

お花に勢いよく促され、一同は「やれやれ」と座敷へ腰を下ろす。するとお市が早速お通しと酒を運んできた。

「皆さん、今日も一日お疲れさまです。〝蓮根《れんこん》と柚子《ゆず》の酢の物〟です。蓮根の歯ざわりと、柚子の香りをお楽しみください」

小鉢を覗き、男たちは喉を鳴らす。薄く銀杏切りした蓮根に、千切りした柚子が載せられ、見た目も爽やかだ。

「柚子ってのはよ、香りだけでなく味もいいんだよなあ。よし、早速いただこう」

木暮は頬張り、唸った。

「うむ、酢と味醂と醤油の配分が絶妙だぜ。蓮根はしゃきしゃきと、柚子は口に含んだ途端にふわっと香り立ってよ」

「酒を進ませる味ですね。……あ、女将、よかったら梅酒も持ってきていただけますか。柚子に梅というのも乙かもしれません」

桂が頼むと、「俺も」「あっしも」「わても」とほかの三人も手を挙げる。お市は「はい、ただいま」と笑顔で板場へと向かう。すぐにお市は戻ってきて、お紋が梅酒を運んできた。

「梅酒が好評で嬉しいよ。さすが桂の旦那、柚子に梅酒なんて、お目が高いね！　さあ、皆さん、ぐっといっとくれ」

〝蓮根と柚子の酢の物〟を味わい、梅酒を口に含んで転がしながらゆっくりと呑み干す。木暮は目を細めた。

「行灯の仄明《ほのあ》かりに浮かぶ山茶花を眺めながら、柚子と梅酒の香に酔《よ》い痴《し》れるなんざ、なんとも贅沢《ぜいたく》じゃねえか」

「あら旦那もたまには洒落《しやれ》たこと言うじゃない」

お紋は流し目で見る。木暮は眉《まゆ》を掻いた。

「ふん。俺みたいな無粋《ぶすい》な男によ、そんな風流なことを口走らせちまうような風味ってことよ」

「この梅酒って味が深過ぎて、一言で旨いとか言えねえ感じがしやす。なんだか味が幾重《いくえ》にも重なってるっていいやすか」

「目九蔵さんの仕事が丁寧なんでしょうね」

「いや、酢の物も梅酒もどちらもホンマに絶品ですぅ。蓮根の酢の物ってこないに旨いんですなあ。これ、さっと茹でてまっしゃろ？」

「勿論《もちろん》茹でてるよ。蓮根はこれからの時季、旬だし、食い積み（おせち）にも使われるように縁起物《えんぎもの》だからね。穴が開いてて見通しがいい、ってことで。躰にもいいから、どんどん食べてよ」

「へえ、そないなこと聞くと、いっそう旨く感じますぅ」

坪八は勢いよく蓮根を齧る。

皆、小鉢を空にし、梅酒を一杯呑み終えたところで一息ついた。

「世の中にはこんなに旨いものがあるってのに、どうして死に急いだりするんだろうなあ」

「あら、何かありました？」

梅酒が入った徳利を傾け、皆のぐい呑みに注ぎながら、お市が訊ねる。木暮はぼやいた。

「うむ。近頃、商家のお内儀が身投げをしたり首を吊《つ》ったりすることが、ままある。結構裕福な家だというのに、いったい何が不満なのやら」

「今日も木暮さんと私で、大川《おおかわ》のほとりで首吊りした死体を検《あらた》めたんですよ。先月も、その二月《ふたつき》前にも身投げがあり、どちらもやはり商家のお内儀でした。まったく、やり切れません」

桂も顔を曇《くも》らせた。

「まあ……なにかよほど思い詰めてしまったのね。大店《おおだな》のお内儀なら気も遣うでしょうし」

お市は眉根を寄せる。次の料理を運んできたお紋も口を出した。

「私からしてみれば、まだまだ若いのにね。命を粗末《そまつ》にするもんじゃないよ。それとも何か心の病で、どうすることも出来なくなってしまうのかね」

「心の病か……。何の不自由もなさそうなお内儀が、どうしてそんなもんに罹《かか》るんだろうな」

「いや、旦那。そういう病ってのは、案外金も暇《ひま》もある人のほうが罹り易いのかもしれやせんぜ。あっしみたいに生きるのに必死な奴には、そんな病も近寄ってきやせんわ」

「せやせや！　そないなもんは贅沢病や！　親分やわてみたいに貧乏暇なしだと、こうして旨いもん食って旨い酒呑んで、それだけで無茶苦茶幸せで、あー生きててホンマによかった、って思えますさかいに！　そういうお内儀さんが抱えてはるのは、ただの贅沢な悩みでっせ」と坪八も鼻息が荒い。

「まあ、いずれにしろ命を粗末にするのは、よくないわね。……ほら、皆さん、〝蓮根の衣揚げ〟よ。熱いうちにお召し上がりください」

お市とお紋に皿を出され、男たちは舌なめずりする。小さく角切りにした蓮根を掻き揚げのように纏めて、こんがり揚げたものだ。摺《す》り下《お》ろした生姜《しょうが》と醤油と胡麻油を併せたものに漬け、片栗粉《かたくりこ》を塗して揚げているので、しっかり味も付いている。

〝蓮根の衣揚げ〟を頬張り、男たちは「はふはふ」と言いながら、瞠目《どうもく》した。

「旨いっ！　旨いじゃねえか！」

「蓮根って凄《すご》いですね。侮《あなど》れません」

「驚きやしたわ。蓮根の底力を見たように思いやす」

「さくさくしながら、嚙み締めるうちに蓮根特有の粘りけも出てきて、口の中で蕩けますぅ。角切りにしてあるから食べ易くて、最高ですぅ」

「これなら歯が悪い年寄りでもいけますぜ」

蓮根の衣揚げを夢中で食べる男たちを眺めながら、お市とお紋は微笑み合う。

桂が声を上げた。

「あっ、これには千切《ちぎ》った海苔《のり》も混ざってます！　磯の香りがふわりとして、いやあ、絶品だ」

「おっ、こっちには青海苔と白胡麻が混ざってるぜ。こいつは堪らん」

「さすが目九蔵の旦那。芸が細かいですぜ」

「こちらは細かく刻んだ紅生姜が混ざってますぅ。凄いですぅ」

「これも梅酒に合うなあ、おい！」

男たちが料理と酒に夢中になっていると、何やら外から騒ぎが聞こえてきた。

「何かしら？」

お市も入り口のほうを見やる。目九蔵が様子を窺《うかが》いに外へ出て、少しして戻ってきた。

「何があったんだ？」

木暮が声を掛けると、目九蔵は答えた。

「へえ、この先で、若い娘が襲われたようですわ」

「なんだと？」

木暮たちは立ち上がる。四人とも一瞬にして顔つきが引き締まり、座敷から駆け下りた。

「どの辺りだ？」

「へえ、亀島町《かめじまちょう》の河岸《かし》通《どお》りのほうですわ。見ていた人の話によりますと、なんでもよく似た顔の娘が二人並んで歩いていたところを、四人組の暴漢が暗がりに引きずり込んだそうです。恐る恐る現場を覗きにいくと、娘のうち一人を連れ去ってしまったようで姿が見えず、もう一人は倒れていたということですわ」

お市とお紋は顔を見合わせ、息を呑んだ。お花も驚き、接客中だというのに座敷を立ち上がる。

「ま、まさか、その二人の娘って……お千枝さんとお千代さんじゃないわよね？」

「へえ……わても心配になってしまいましたわ。もしそうなら、どないしましょ」

目九蔵も顔を強張《こわば》らせる。

「なんだ、お前らの知っている娘かもしれねえってのか？」

「ええ。さっきまでここで召し上がっていたのよ。ちょうど旦那方と入れ替わりにお帰りになったの」

「そうか……じゃあ、女将、一緒に来てくれねえか？　その場に残された娘が、その知っている娘かどうか確認してくれ」

「分かりました。一緒に参ります」

お市は頷き、木暮たちと足早に店を出た。

河岸通りをそれた路地裏で、娘は額から血を流して倒れていたというが、木暮たちが駆けつけた時には既に町役人と医者も来ていて、手当をされていた。

医者によると、頭を強く打ったようなので安静にする必要があるが、命に別状はないとのことだった。

お市は痛々しい娘の姿を見るなり、目を見開いた。

「お千代さん！　しっかりして！」と声を上げる。木暮は眉根を寄せた。

「さっきまで店にいた娘で間違いなさそうだな」

「はい……。双子の姉妹の、妹さんのほうです」

お市は顔を青ざめさせ、声を震わせた。

「なに、双子だと？　妹ってのは間違いないか？」

「はい。水色のお召し物でしたし、右目の下に小さな黒子がございましたから。この方で間違いございません。お姉さんのほうはお千枝さんといい、桜色のお召し物でした」

「変ですね。曲者《くせもの》たちは、どうして姉のほうだけ連れていったのでしょう」

桂も眉を顰《ひそ》める。

忠吾と坪八は曲者たちがまだどこかに潜《ひそ》んでいないか、証拠をどこかに残していないか、提灯を手に走り回って辺りを探った。しかし、手懸《てが》かりは何も摑めなかった。

お千代は一命を取り留めたが、意識がまだ回復せず、話を聞くには時間が掛かりそうだった。

第二話　謎《なぞ》の料理は梅花《ばいか》の形

お千代の家がどこか分からず連絡しようがないので、番所で暫《しばら》く寝かせておくことになった。

一

木暮と桂は番所で目撃者の調書を取り、忠吾と坪八はお千枝を探しに走った。店が終わるとお紋とお花も駆けつけ、木暮に告げた。

「尼寺に行って訊《き》いてみれば姉妹の身元が分かるかもしれないよ。日本橋のお祭りで踊ったりして目立っていたようだから」

「尼寺も寺社奉行の受け持ちなんだよなあ」

木暮が眉根《まゆね》を寄せると、お花が申し出た。

「それなら、あたいがさりげなく訊いてくるよ。もし尼寺で聞き出せなくても、お千枝さんとお千代さんは確か檀家《だんか》のお時さんって人の知り合いだって話だったから、そのお時さんをあたってみるよ」

木暮はお花を眺め、目を瞬《しばたた》かせた。

「お花……。お前もずいぶん頼もしくなってきたじゃねえか。密偵が務まりそうだぜ」

「密偵か、そりゃいいや！　そんじゃ明日の朝早速《さっそく》、尼寺とお時さんに訊きにいってくるよ。任せといて！」

胸を叩くお花に、木暮は「おう、任せたぜ！」と笑顔で答える。お花はにやりとして、顎《あご》をちょっと突き出した。

「密偵の仕事への謝礼はさ、うちの店に足繁《あししげ》く通って、うちの自慢の料理と酒をたっぷり味わうってことでよしとするよ！」

お花の生意気な口ぶりに、木暮は苦笑いだ。

「おう、言われなくても分かってるぜ。しっかし……ちゃっかりした娘だぜ。婆《ばあ》ちゃんに似たんだな」

お紋は孫の肩を抱き、にっこりした。

「密偵ってのは、なかなかいい響きだね。まあ、お花はじめお市、私だって密偵みたいなもんだよね、考えてみれば」

「そうだよな、婆ちゃん。毎度毎度、事件の解決にあたいたちがどれだけ貢献《こうけん》してるかってんだ」

「表の顔は〝料理屋のずっこけ三人女〟、裏の顔は〝頼りない町方の旦那を支える名密偵〟ってことさ！」

などと好き勝手言って祖母と孫はげらげら笑い、木暮と桂はあからさまにむっとした顔になる。お市は、お紋とお花を睨《にら》んだ。

「二人とも、探索に力添えするのはいいけれど、調子に乗り過ぎるのはよくないわ！　ここは番所なのよ。それなのにそんな大笑いしたりして。お千代さんだって寝てらっしゃるのよ、少しは場を弁《わきま》えて！」

ぴしりと言われて、お紋とお花は肩を竦《すく》めた。お市の言うとおりだと思ったのだろう、急におとなしくなる。

「確かにね……。ふざけて悪かったよ」

「町方の旦那に頼りにされて、ちょいと舞い上がっちまったみたいだ。ごめんね、旦那方」

お花が木暮と桂に素直に頭を下げると、お紋も孫を見倣《みなら》って頭を下げた。木暮は首筋を掻《か》きながら、「いいってことよ」と返した。

「お前らの阿呆《あほう》ぶりには慣れてらあ。だがよ、店の中ならいくらふざけたことを言っても大目に見るが、女将が言うように、ここはまあ番所だからな。それに病人も寝てるしな。これからは気をつけてくれよ」

「ありがと、旦那！　このお詫《わ》びに明日ちゃんと聞き込んでくるよ」

お花の隣で、お紋も大きく頷《うなず》いた。

お花は翌朝早く、尼寺の〈清心寺〉へと向かった。双子の姉妹が事件に巻き込まれたようだと正直に話すと、住職の貞心尼は驚きつつ、知っていることを教えてくれた。お花は番所へ行って、双子の姉妹が日本橋に店を構える座頭・徳の市の養女だということを、木暮に注進（報告）した。

「店の場所は日本橋の高砂町みたいだけれど、住んでる家はまた別にあるらしいよ。分限者《ぶげんしゃ》だね」

「別宅はどこにあるかは分からなかったか？」

「ごめん、そこまでは摑《つか》めなかった。尼寺にしか行ってないから、次は姉妹の知り合いだっていうお時さんにあたってみるよ。そしたら別宅の場所も摑めるかもしれない」

「いや、お前は店があるだろうから、そこまでしなくていいぜ。それは俺たちが調べる。養父の居場所が分かっただけでも充分ありがてえや」

「それならよかったよ！　また何か力になれることがあったら遠慮なく言って

ね」

「おう、頼りにしてるぜ」

木暮とお花は笑みを交わした。

お花が帰ると、木暮は桂を徳の市の店へと走らせた。

「娘たちが帰ってこなくて心配しているだろうからよ」

木暮が言い添えると、桂は急いで徳の市の店へと走った。

少ししてお千代は目を覚ました。どうやら意識が戻ったようだ。起き上がろうとして眩暈《めまい》を覚えたのか、お千代は「痛っ……」と頭を押さえる。木暮は「まだ無理するな」とお千代を再び寝かせた。

「ここは……」

お千代は微《かす》かな声を出した。

「番所の中だ。昨日の夜にあったことを覚えているか?」

お千代は目を何度か瞬かせ、急に身を震わせた。

「あ……姉は？　姉はどこに？」

木暮はお千代を見つめ、真剣な面持《おもも》ちで力強く言った。

「今、必死で探している。必ず見つけるから、心配するな」

お千代は弱々しく頷き、目を瞑《つむ》る。木暮は優しく語り掛けた。

「お前さんたちは昨夜、〈はないちもんめ〉という料理屋を訪ねたよな。その後に、襲われたんだな」

「はい……。〈はないちもんめ〉さんを出て、河岸通りを歩いているその途中で。夜風が気持ちいいから少し歩いて、永代橋《えいたいばし》の辺りで猪牙舟《ちょきぶね》に乗るつもりだったのです」

微かな声だが、お千代はしっかりと答える。

「お前さんたちの家はどこにあるんだい？」

「本所深川の大島村です」

「そこで両親と一緒に住んでいるのかい？」

「はい……。養父と義兄と暮らしております。あと、下男と下女が一人ずつおります」

「養母はいないのかい？」

「はい。私たちが養女になった時には、養父のお内儀はもうお亡くなりになっていました。七年ほど前と聞いております」


「はい……」

「なるほどな。……ってことは養女になって、それほど長くはないんだな」

「正式に養女になったのはおよそ一年前です。一年半ほど前から、養父の世話をしておりましたが」

「徳の市に奉公していて、養女になったということか」

「仰《おっしゃ》るとおりです。私たちを気に入ってくださったようで、正式にお話がありました」

木暮は「ふうむ」と顎《あご》をさすり、考えをめぐらせる。

「元の家はどこなんだい？」

「京橋《きょうばし》の畳屋でしたが徐々に窮《きゅう》してしまって、武家屋敷へ奉公に出たのです。それから養父へ奉公し、今に至ります」

「畳屋の御両親は、お前さんたちが徳の市の養女になったことを勿論《もちろん》知っているよな？」

するとお千代の顔が微かに翳《かげ》った。

「……いえ、訳がございまして、武家屋敷へ奉公に上がった時に、京橋の家とは縁が途切れてしまいまして、そのままになっております。それゆえ、畳屋の両親は知らないかと思われます」

「生家とは暫く連絡を取っていないということだな」

「はい……そうでございます」

お千代は切れ長の目を伏せ、唇《くちびる》をそっと噛《か》む。どうやら話し難《にく》い事情が隠されているようだ。

──ようやく意識が戻ったところだし、まだ問いただすのは早いだろう──

木暮は話題を変えた。

「ところで、お前さんたちが昨夜訪れた〈はないちもんめ〉という店は、俺も馴《な》染《じ》みなんだ。それで昨夜も、お前さんたちと入れ替わりに、あの店を訪れていたんだよ」

「そうなんですか……」

お千代は目を見開く。

「うむ。あの店で呑《の》み食《く》いしている時に、娘たちが襲われた、という知らせがあった。それで、どうもその娘たちの特徴から、さっきまでいた双子の姉妹ではないかと女将《おかみ》が心配し、一緒に確かめにきてもらったという訳だ」

「そうだったんですか……それは御迷惑をお掛けしてしまいました」

お千代はまたも唇を噛む。木暮は微笑みかけた。

「女将、お前さんが無事でよかったって何度も言ってたぜ。心配するな、あの店の女たちはそういう奴らだ。少しぐらい迷惑掛けようが、親身になってくれるぜ」

「……温かそうな人たちですものね、皆さん。お料理も親身になって作ってくださいました」

思い出したのだろう、お千代の目が微かに潤《うる》んだ。木暮は番人に水を持ってくるように頼み、お千代に渡した。お千代は水を少しずつ飲み、息をつく。木暮は訊ねた。

「それですまねえが、女将にあんたたちの話をちょいと聞かせてもらったんだ。で、気に懸《か》かったんだが、お前さんたちは謎《なぞ》の料理を探して料理屋を訪ね歩いていたっていうが、それはいったいどういう訳なんだい？」

探し歩いていた時に暴漢に襲われたとあれば、その料理が何か事件に関わってくるかもしれないと木暮は踏み、詳しく聞いておこうと思ったのだ。

お千代は水を静かに飲みながら暫く黙っていたが、ぽつりぽつりと語り始めた。それはなんとも奇妙な話だった。

――〈清心寺〉の法会《ほうえ》があった日、持ち帰った〝索餅〟を出したところ、徳之助は貪《むさぼ》るように平らげ、掠《かす》れた声で話し始めた。

「思い出した……。昔、とてもとても旨《うま》い料理を食べたんだ。あの店はどこにあったのか。中に細かく切った色々な具が入っていて、縦横五寸ぐらいの大きさで、梅の花のような形で……。噛《か》むと、汁が溢《あふ》れて、極楽のような味だった。あ、あれをもう一度食べれば……俺は、元に戻れるかもしれない」

姉妹はとても驚いた。それは初めて聞く徳之助の声だった。

束《つか》の間《ま》、うっとりした表情で独り言のように呟《つぶや》いた徳之助だったが、はっと我に返ったように暗い顔つきになり、再び押し黙ってしまった。

お千枝とお千代は動揺した。徳之助が本当に狂っているか否《いな》か定かではないが、少なくとも病《やまい》が治る見込みがあるように思えたのだ。

義兄《にい》様を治してあげられるかもしれない。暗くて狭い座敷牢から出してあげたい。

なすすべがないと半ば諦《なか》めていた姉妹の間に、微かな希望が芽生えた。

ところが、それから三、四日して、状況は一変する。

六日前のことだった。いつものように義兄に晩飯を届けて土蔵を出ると、外は真っ暗だった。姉妹は提灯を手に庭を歩きながら、不意に顔を見合わせた。

鏡に映したように同じ顔の二人は、見つめ合った。冷たくなってきた夜風に、真紅《しんく》の彼岸花《ひがんばな》が揺れる。お千枝がぽつりと言った。

「ねえ……義兄様って……」

「お姉様もやはりそう思う?」

「やはり、そうよね……」

闇の中、お千枝とお千代は頷き合い、どちらからともなく呟いた。

「座敷牢の中に今いる人……やはり義兄様ではないわよね」

そして二人は固唾《かたず》を呑んだ。

髪がぼさぼさで髭《ひげ》がもじゃもじゃの、座敷牢の中の男。

ぱっと見は徳之助なのだが、どこかが違ったのだ。それは得体の知れぬ違和感であり、二人とも肌で感じ取った直感だった。

――座敷牢の中の義兄が、いつの間にか別の誰かとすり替わっているのではないか――

姉妹はぞっとしたが、まだ確証があるわけではなかった。暗い土蔵の中、髪と髭で覆《おお》われた義兄は、元々人相《にんそう》がよく分からなかったのだ。その義兄が別人になっていると、はっきりとは言いきれない。

それでも二人の意見が一致したことを、単なる偶然と片づけてしまってよいとは思えなかった。

姉妹は声を潜《ひそ》めた。

「じゃあ、本物の義兄様は今どこにいるの？」

「今、座敷牢の中にいるのは、いったい誰なの？」

いったいどういうことなのか、二人にはいくら考えても分からなかった。

話し合いの末に、姉のお千絵が提案した。

「まずは、座敷牢の中に今いる人が本物か偽物か、はっきりさせましょう」

そのために例の「梅の花のような形の料理」を探し出し、座敷牢の中の〝義兄〟に食べさせてみる。もし偽物だったら、その料理を見ても食べても、何の反応も示さないだろう。だが本物ならば、激しい感情を露《あら》わにするはずだ。

そこで、ここ数日、双子姉妹は日本橋界隈《かいわい》の店を梯子《はしご》してまで、その料理を探していたのだった。

そして〈はないちもんめ〉を訪ねた帰りに暴漢に襲われ、姉のお千枝のみが連れ去られてしまった――

お千代が涙ながらに語った話に、木暮は首を捻《ひね》った。

「暗いところで髭もじゃなら、すり替わっているかどうかはよく分からんはずだ。勘違いじゃねえのかい」

「いいえ、あれは絶対に義兄ではありません」

お千代は弱々しい声ながらも言い張る。切れ長の目できっと睨まれ、木暮は思わず言葉に詰まった。

お千代は、姉のお千枝を連れ去った者たちに心当たりはないという。

「姉も、もちろん私も、誰かに恨《うら》みを買うようなことはしておりません」

だが木暮は、姉妹の養父が金貸しをしている座頭だと知り、──金子《きんす》目的の勾引《かどわ》かしでは──と危ぶんでいた。

やがて桂が養父の徳の市を連れてきて、お千代を引き取ることとなった。徳の市はがっしりとした躰つきの、物静かな五十歳の男だった。お千枝が連れ去られてやはり動転しているようで、頻《しき》りに躓《つまず》いていた。

「この度はお千代を保護してくださり、まことにありがとうございました。お千枝のこともどうぞよろしくお願いいたします」

徳の市は何度も頭を下げる。木暮が訊ねたが、身代金の要求などはまだないようだった。

お千代はまだ足元がおぼつかないので、桂が二人に付き添い、家に戻ることとなった。

正午頃《ひる》に忠吾と坪八が戻ってきて、木暮に注進した。

「すみやせん。探し回りましたが、お千枝さん、どこにも見当たりませんや」

「恐らくそのうち身代金を要求してくるだろう。犯人が接触してくるかもしれねえから、家と店の周りをしっかり見張っていろ。忠吾、お前は大島村の家のほう。坪八、お前は日本橋の店のほうだ」

木暮は手下に指示する。

「かしこまりやした！」

二人は声を揃えた。

しかし数日経《た》っても身代金の要求はなく、徳の市に犯人が接触してくることもなかった。木暮たちは〈はないちもんめ〉を訪れ、頭を抱えた。桂と忠吾、坪八も浮かぬ顔だ。

お市に注《つ》がれた酒を啜《すす》り、木暮はぼやく。

「てっきり身代金目的かと思ったが、どこかに売り飛ばしちまったかな」

だがお紋は意見した。

「ならどうして妹のほうは置き去りにしちまったんだろう。そっくりの美貌《びぼう》なんだから、二人纏《まと》めて売り飛ばしたほうが金にだってなるだろ」

「それもそうだな」

木暮たちはますます首を捻《ひね》る。忠吾が口を挟んだ。

「身代金目的だとしても、変ですぜ。攫《さら》うにしても二人纏めてのほうが、要求出来る額も倍になると思いやせんか？」

「そうですね。徳の市は養女の二人をどちらも可愛《かわい》がっているようですから、金子は惜《お》しまないでしょうし」

桂が頷く。

「ってことは姉さんのほうのお千枝さんにだけ、何か用があったたっちゅうことでっか。双子っちゅうよりは、初めからお千枝さんを狙ったものっちゅうことでっかな？」

坪八は出っ歯を剝《む》く。木暮は腕を組み、顔を顰《しか》めた。

「うむ。身代金目的でもなく、売買《ばいばい》目的でもないとしたら、考えうるのは、お千枝に恋慕《れんぼ》した者が仲間と一緒に力尽《ちからづ》くで奪ったってとこか」

「お千枝について調べていますが、今のところ男の影は出てきておりません。お千枝と付き合っていた、或《あ》るいはお千枝を追い掛け回していたという男も」と桂。

「お千枝ってのは生真面目《きまじめ》な娘だったんだな」

木暮は溜息《ためいき》をつく。お市は微笑《ほほえ》みながら皿を出した。

「皆様、お疲れさま。根詰《こん》めないで元気出してくださいね。こういう時には、ふんわり温かなものを召し上がれ。〝蒲鉾《かまぼこ》と青海苔の卵焼き〟です」

卵の甘い香りが漂い、男たちの渋い顔も思わずほころぶ。

「こりゃまた分厚い卵焼きじゃねえか」

木暮は舌なめずりして箸《はし》を伸ばす。艶々《つやつや》と黄金色《こがねいろ》に光る卵焼きは、悩み事も吹き飛ばしてしまうような魅力に満ちている。所々茶色に焦《こ》げる程度の焼き加減が、また堪《たま》らないのだ。

木暮に続いて皆も頬張り、男四人うっとりと目を細めた。

「刻んだ蒲鉾と青海苔が混ざっているのですね」

「こういう卵焼きが、旨くない訳がありやせんぜ」

「蒲鉾が入ってるっちゅうだけで、こないに格別になるんですわな。卵と蒲鉾と青海苔って無敵の組み合わせちゃいますぅ？」

「その時季しか食べられない料理ってのは確かに魅力があるが、これみたいに季節にとらわれずにいつでも食べられる料理ってのもいいよな。分厚い卵焼き、力がつくぜ」

「このこんがりしてるところが、またいいっすねえ！」

男たちは満面に笑みを浮かべて頰張り、あっという間に皿を空けてしまった。

「いやあ、いつもながらこの店の料理には励まされるぜ」

「旨い料理と酒でやる気が漲《みなぎ》って参ります」

「それはよかったですわ」

お市がお酌《しゃく》をしていると、お花が次の料理を運んできた。

「はい、お待たせ。卵尽くしで〝あぶたま丼〟だ！　旦那方、精力つけて頑張《がんば》ってよ！」

「おっ、〝あぶたま丼〟とは久々じゃねえか！」

「いいっすね！」と男たちは歓喜の声を上げる。お花は一人ずつ丼を出した。

「はい、木暮の旦那は、つゆ多めのいつものやつね。桂の旦那は、つゆは少なめでしょ。忠吾の兄いは、つゆたっぷり。坪八ちゃんは、つゆはかなり少なめのあっさり上方《かみがた》風っと！」

「さすが分かってるじゃねえか！」「さすが分かっていらっしゃる」「さすが分かっておりやす」「さすが分かっていてはる」と男たちは声を揃え、目の前の丼に食らいつく。

言葉も忘れて掻っ込む男たちのところへお紋がぬっと顔を出し、「常連の皆様のお好みなんざ、手に取るように分かってるさ」と笑った。

〝あぶたま丼〟とは、甘辛く炊いた油揚げと青葱を卵で綴《と》じて、御飯の上に載せたものである。それに目九蔵特製の汁を掛けるのだから、これまた堪《こた》えられぬ美味《うま》さだ。

「この諄《くど》くない薄味の汁が飯にたっぷり沁《し》み込んでな」

「私はちょうど御飯半分ぐらいに汁がいきわたるぐらいが好きなんです」

「いや、汁はだくだくと掛かってるほうが旨いですぜ」

「親分は〝汁《しる》だく〟、わては〝汁ちょろ〟が好みだすぅ」

「はは、そりゃいいや！　俺と忠吾はいつも〝汁だく〟、桂と坪八は〝汁ちょろ〟で注文しようぜ」

「いや私のこだわりとしては、決してちょろちょろと掛かっているのではなく、普通につるりと掛かっているのが好ましいのです」

勢いよく頰張りつつも姦《かしま》しい男たちに、お市は目を細める。

「では桂様は〝汁つる〟ですね。〝汁だく〟〝汁つる〟〝汁だくだく〟〝汁ちょろ〟、覚えておきますわ」

「おう、頼むぜ、女将！」

大盛りの丼をぺろりと平らげ、男たちは膨《ふく》れたお腹をさする。お紋が梅酒を運んできて告げた。

「そろそろ店仕舞《みせじま》いでお客さんほとんど帰っちゃったから、旦那方ゆっくりしてってよ」

「おう、汁だく丼の後の梅酒は、堪えられねえ味だ」

木暮は一口呑み、大きな息をつく。するとお花もやってきて、気に懸かっていることを訊ねた。

「それで旦那、あの双子の家ってのは、どこだったんだい？」

「本所深川の大島町だ。十万坪《じゅうまんつぼ》とそれほど離れてねえ」

「家のほうはあっしが見張ってやすが、怪しい者はまだ現れておりやせん。しかし店は日本橋、住居はあそこですから、養父の徳の市はやはり金子を持っているかと」

「そうなんだ……。でも、ちょっと複雑そうだよね、あの双子の周囲って」

「あらお花、そんなことないわ。養女にいったり、もらったりなんて、よくある話よ」

お市は娘を窘《たしな》める。木暮は眉根を寄せた。

「いや、お花の言うことは間違ってねえよ。あの姉妹は複雑な事情を持っている」

木暮は徳の市の家を訪ね、お千代に再度身の上について話してもらったので、おおよそのことは知り得ていた。

「どんな事情なの？」

お市は梅酒を水で割りながら訊ねた。ちなみに木暮と坪八には水で割り、桂と忠吾にはお茶で割る。梅酒のお茶割りもなかなかいけるのだ。

「うむ。……あの二人、元々自分たちが捨て子だったのか、養女に出されたのか、はっきり分からないようなんだ。まあ、物心ついた頃には、畳屋の養女だったという。畳屋が生家という訳ではなかったんだな。やがて畳屋は次第に困《こん》窮《きゅう》しちまって、育ててくれたお内儀が亡くなって後妻がきて子供が生まれると、二人はますます肩身が狭くなっちまったという訳だ。後妻、いわば継母にあたる女とも折り合いが悪かったというよ」

「いびられたんだろうね」

お紋が溜息《ためいき》をつく。

「うむ。まあ、家に居づらくなっちまって、二人揃って武家屋敷へ奉公に出たそうだ。だが、そこの主人ってのがとんでもなく好色な爺《じじ》いで、尻を触るなどは日常茶飯事《さはんじ》、手籠《てご》めにされそうになって一緒に逃げ出したという」

「やっぱり苦労してんだ」

お花は頷く。

「そうみたいだな。……それで行くあてもなく、畳屋の家に一度戻ってみたところ、店を仕舞《しま》ってどこかへ行っちまってたというんだから、切ないじゃねえか」

「ええっ、いなくなってしまっていたの？」とお市は目を見開く。

「そうよ。夜逃げしたか、貯めた金子を持ってどこか田舎《いなか》へ引っ込んだか。兎《と》にも角《かく》にも、連絡がつかなくなっちまったって訳だ。それであの二人は路頭に迷いそうになったが、どうにか口入屋《くちいれや》を頼って、斡旋《あっせん》してもらったのが徳の市への奉公だったってことだ。初めは身の回りの世話や、仕事の簡単な手伝いなどをしていたそうだが、二人は徳の市に気に入られ、養女の縁組をしたという。徳の市は二人を大切に扱ってくれるので、彼の養女になってから不自由な思いをしたことはないと言っていたぜ」

「なるほどねえ。お千代さんの話を聞くと、徳の市って座頭は悪い人ではないようだね。お内儀さんはいないのかい？」

「七年前に亡くなったって話だ。三十五歳でな。徳の市とは八歳離れていたそうだ」

「徳の市さんには、ほかにお子さんはいないの？」

お市の問いに、男たちは顔を見合わせる。

「いますよ、二十歳《はたち》になる息子さんが」

桂が答えると、木暮が続けた。

「座敷牢に入れられている、な。いや、入れられていた、かな」

今度は、はないちもんめたちが顔を見合わせた。お紋が身を乗り出す。

「座敷牢って……どういうことだい？　あ、ちょいと目九蔵さん！　店閉めたなら、あんたもぐい呑み持って、こっちきなよ」

「おいでよ、目九蔵さん！　梅酒、水で割ってもお茶で割ってもいけるよ」とお花も声を上げると、「へえ、ではおじゃまします」と目九蔵がやってきた。摘みの〝べったら漬け〟を持ってくることも忘れない。

「わて、目九蔵はんが作ったべったら漬けなら食べられるんですぅ。甘さ控えめで、旨いですぅ」

坪八は驚くほどの出っ歯でぽりぽり食《は》む。忠吾は二、三枚重ねて口に放り込んだ。お紋も少し欠けた前歯で齧《かじ》りながら、話を元に戻した。

「ああ、悪かったね。それで徳の市の本当の息子が座敷牢に入ってるっていうのは、本当かい？」

「うむ、そうなんだ」

木暮はべったら漬けを齧りつつ、息子の徳之助のこと、そして双子の姉妹が徳之助のために料理の謎を探っていたことを話した。はないちもんめたちは真剣な面持ちで聞き、溜息をついた。

「面の呪いだなんて……そりゃまた薄気味悪い話だねえ」

三人は眉根を寄せつつも、料理の話には興味を持ったようだった。

「なるほど、それであの姉妹は梅の花の形の料理を探していたんだね」と納得する。

姉妹の相談を受けて以来、目九蔵も妙に気になり、件の料理について文献を繙《ひもと》くなどしていたのだが、まだ何かは摑めていないという。

「索餅は唐《とう》から伝わった唐菓子ですわ。それを食べて、その徳之助さんは思い出したように話し始めたといわはりますなら、件の料理も唐料理なんでしょうかな。でも……それにしても聞いたことない料理ですわ。五寸ぐらいの大きさで梅の形なんて、どんなものでっしゃろ、ホンマに」

「目九蔵さんが知らないなら、俺たちが分かる訳ねえよな」

木暮も降参のようだ。

「もしかしたら既成の料理に、何か少し手を加えたものなのかもしれないわね」

お市が言うと、お花も頷いた。

「あたいもそんな気がするんだ。……それにしても、今座敷牢の中にいる人は、徳之助さん本人なのか、別の誰かなのか、気になるね。どちらなんだろう」

「徳の市はなんて言ってるんだい？　それとも盲目《もうもく》だと、やはり分からないかね。でも下男と下女もいるんだろう？」

「うむ。徳の市はすり替えなどありえないだろうと言っていた。たしかに、いったい誰が何のためにすり替えなんてことをするのか、理由が分からないんだよな。掃除などで座敷牢を覗く機会のある下男と下女も、ありゃあ徳之助さんに間違いないと答えたぜ」

「じゃ、じゃあ、お千枝さんとお千代さんの勘違いだったってこと？　でもお千代さんは、絶対にお義兄《にい》さんじゃないって、言い張っているんでしょう？」

「うむ。頑《かたく》なに、そう言っている。下男と下女にも食って掛かっていたよ。いったいどっちが正しいんだか。……俺も実際に土蔵の中に入って、座敷牢を見せてもらったが、薄暗くて蠟燭《ろうそく》を灯しても、あれじゃよく見分けがつかん。元々髪と髭で顔も覆われていたようだからな。お千代たちの勘違いなのか、それとも……」

「そこで、梅の形の料理が必要、ってことか。それを食べさせてみたら、徳之助本人かどうかが分かるってことだね」

お紋は目を光らせる。

「まあな。だが、偽物の徳之助だったとして、いったいどういうことなんだろうな。誰が何のために、そんなことをしたんだろうか」

「お千枝さんが連れ去られた事件と、何か関係しているのかな」

お花も腕を組む。お市は少し考え、おずおずと口を開いた。

「嫌なことだけれど……もしや徳の市が下男と下女に命じて、徳之助さんを始末してしまったなんてことはないわよね？」

「うむ、それは考え得ることだ。正気を失った息子がいつまでも元に戻らないので、殺《あや》めてしまったというのは。だが座敷牢の中にいた徳之助が急に消えると、あの姉妹に不審に思われるかもしれないと危ぶみ、誰か似ている者を雇って代わりに入れておいたと。……でもな、徳之助が座敷牢に入れられて二年が経っているんだ。殺めるならもっと早くやっているような気もするがなあ」

「何か訳があって、急に始末しなければならなくなったのかね」とお紋。

「うむ。その線も調べなくちゃならんな」

「無事だといいわね、お千枝さんも、徳之助さんも」

「お千枝さんの人相書《にんそうがき》を作ったので、忠吾と坪八はそれを持って明日から色々な場所をあたることになっております。木暮さんと私は交代で徳の市の家と店を見張り、あの家の者たちの事情を深く探らなくてはなりません」

「おう。という訳で我々も忙しいからよ、料理に関することについてはまたお前たちにお願いするが、よろしくな」

木暮が背筋を正し、はないちもんめたちに頭を下げると、桂、忠吾、坪八も「よろしく頼みます」と続ける。お紋は咳払《せきばら》いをして、衿元《えりもと》を直した。

「まあ、いつものことだからね、お引き受けするよ」

「あたいら料理以外でも役に立つから何でも言ってよ！」

「この店を御贔屓《ごひいき》にしてくださる旦那方の頼みなら、引き受けない訳にはいかないものね」

「わても精一杯、考えてみますわ。板前としてやる気になりますわ」

頼もしいはないちもんめの面々に、木暮たちも勇気づけられる。

「ありがたいぜ、よろしくな！　よし、旨い料理と酒で力がついたから、また明日から頑張ろうぜ」

木暮の言葉に、男たちは大きく頷いた。

二

翌日、忠吾と坪八は人相書を手に訊ね歩いたが、お千枝の行方《ゆくえ》はなかなか摑めなかった。身代金の要求も依然《いぜん》としてない。

探索に行き詰まった木暮が気分転換に〈はないちもんめ〉に独りで呑みにいくと、お吟《ぎん》の亭主の達蔵《たつぞう》と出くわした。やけに顔の四角い、でっぷりと肥《こ》えた男だ。

「これはこれは木暮の旦那、お久しぶりですな。どうですか御一緒に」

達蔵に誘われ、「いいねえ、ぱっといこうか」と木暮は同じ座敷に腰を下ろす。ちなみにお吟とは、幼少時代からのお紋の宿敵である。娘時代には多喜三を巡って火花を散らしたことがあるのだが、それが火種となって残り、未《いま》だに燻《くすぶ》り続けているという訳だ。といっても相愛の仲であった多喜三とお紋の間に、多喜三に横恋慕したお吟が割って入ろうとしただけのことだが。多喜三はお吟を相手にせず、お紋の勝利となったが、それがお吟の沽券を著《いちじる》しく傷つけたようで、荒れに荒れた。待ち伏せしてお紋の顔を引っ掻いて傷つけるわ、あらぬ噂《うわさ》を流すわ、と。

「お紋って女は、あんな顔して男誑《おとこたら》しだ」とか、「多喜三さんを騙《だま》したんだ。多喜三さんは本当は私を好いていたんだ」などと、あちこちで喋《しゃべ》りまくったのだ。お紋も腸《はらわた》が煮えくり返ったが、お吟を可哀そうな女と憐れみ、相手にしなかった。お吟の陰湿《いんしつ》な嫌がらせは暫く続いたが、やがて多喜三とお紋が所帯を持つと、さすがに諦《あきら》めたようで収まった。そして少し経ってお吟が嫁《とつ》いだのが、達蔵だった。達蔵は長屋の大家で、その長屋というのも達蔵の持ち物なので、いわばお吟は「いいとこの奥さんの座に収まった」ということになる。散々お紋に嫌がらせをしたにも拘《かか》わらず。多喜三とお紋がようやく店を持ち、必死で働いていた時も、お吟は左団扇《ひだりうちわ》で悠長な日々を送っていたのだ。これではお紋が頭にくるのも無理はない。

おまけにお吟は、多喜三が亡くなった時も、お紋のことをあれこれ中傷した。

「あんな女と一緒になるから、多喜三さん、命を縮めてしまったんだよ！　お紋ってのは男を食い殺す女だよ。丙午《ひのえうま》かい？　歳を誤魔化《ごまか》してんだよ、あの女」

出《で》鱈目《たらめ》を言いふらされて、お紋の怒りは頂点に達した。長屋に怒鳴り込んでやろうかと思ったが、お吟の顔も見たくないというのが正直な気持ちで、お市にも相手にしては駄目だと止められた。それからお紋はお吟に決して近づかないようにしているが、お吟もまた然《しか》りのようだ。

お吟はお吟で、多喜三に相手にされなかったことがよほど悔しかったのか、やはりお紋の顔も見たくないらしく、近くに住んでいるというのに絶対にこの辺りに寄りつかないのだ。婆さん同士の醜《みにく》い確執《かくしつ》といってしまえばそれまでだが、当人たちには根深いものがあるのだろう。

それを知っていながら、妻のお吟の目を盗んで〈はないちもんめ〉に食べにくる達蔵も大したものだが、陽気に迎えるお紋もさすがの商い人《あきなびと》である。

「ここにくると癒《いや》されるわ！　料理は極上、酒も別格。なんといってもカミさんの顔を見ないで済むからな！」

達蔵は既に「出来上がっている」ようで、四角い顔を赤らめ、額《ひたい》にうっすら浮かぶ汗を手で拭《ぬぐ》っている。お紋は酌《しゃく》をしながら調子を合わせた。

「達蔵さんもホントにたいへんだよねえ！　あんな意地悪婆さんの手綱《たづな》取らなきゃいけないんだからさあ！」

「こっちが手綱取るならまだいいが、あの婆あに手綱取られてんだよ！」

「そりゃたまったもんじゃねえな」と木暮が相槌《あいづち》を打つと、「ま、御一献《ごいっこん》」と達蔵が酌をし、「おっとっと」と木暮は一口啜る。

いい気分で突《つつ》く料理は〝鯖《さば》の梅酒煮〟。脂《あぶら》の乗った旬の鯖と根深葱《ねぶかねぎ》と生姜を、梅酒と醬油で煮たものだ。

それを頰張り、木暮は声を上げずにいられない。

「なんだこりゃあ！　涙が出るほど旨えじゃねえか！」

「儂《わし》も驚いたよ。鯖を梅酒で煮たのが、こんなに絶品とはな。こってりした鯖と、梅酒の爽やかな風味が相俟《あいま》って、いくらでも食えそうな絶妙な口当たりになるんだな。こんなものを出してくれるから、この店にくるのをやめられないのよ」

「梅酒で煮ると、鯖の臭みがまったくなくなるんだよね」

料理を褒められ、お紋もにっこりする。木暮と達蔵は酒を啜りつつ、〝鯖の梅酒煮〟に舌鼓《したつづみ》を打った。

「しっかりコクがあるのに、なんともまろやかな味だよなあ。鯖の脂とこの味が葱にまで滲《にじ》んで、堪らんわ」

「飯がほしいと思いつつ、もう食べ終わってしまうよ」

男たちはよく太った鯖を、あっという間に平らげてしまう。

「御飯、持ってこようか？　〝鯖の味噌煮〟もあるけど、鯖はもう充分か。ほかのものがいいかい？」

「いや、俺は味噌煮でいいぜ！　やっぱりこの時季、鯖は旨えや。これに飯がないってのは、或《あ》る意味苦行だわ」

「儂も味噌煮で！　こうなったら今夜は鯖尽くしといくわ」

「鯖尽くしか、そりゃいいや！」と木暮は笑う。

「はいはい、ちょいと待っててね！　うちの板前が腕によりをかけて〝鯖の味噌煮〟を作るからね！」

お紋は急いで板場へと向かう。その後ろ姿を眺めながら、達蔵は目を細めた。

「相変わらず大女将は元気がよくていいねえ」

木暮は、近くを通りかかったお市に梅酒を注文し、男二人それを呑みながら料理を待つこととなった。

「なんで、今夜は女将はもてなしてくれねえんだよ」

木暮が拗《す》ねると、お市は申し訳なさそうに微笑んだ。

「ごめんなさい。今ちょっとお客様についているので……後ほど参ります」

今日のお市は翡翠色《ひすいいろ》の縞《しま》の着物を纏い、やけに若々しく見える。木暮は、お市がついているお客は板元《はんもと》の大旦那吉田屋文左衛門《よしだやぶんざえもん》だろうと察し、唇を尖《とが》らせた。

文左衛門も木暮と同様に、お市を目当てに〈はないちもんめ〉に通うお客の一人で、お市を妾《めかけ》にしたがっている。いわば、木暮の宿敵なのだ。

不貞腐《ふてくさ》れて梅酒を啜る木暮に、達蔵はそっと耳打ちした。

「旦那、あそこに座ってる女、えらく別嬪《べっぴん》だと思いませんか。さっきから気になってたんだが」

「どの女だ？　……おや、あれは」

少し離れたところに座っている、達蔵が見惚《みと》れていた女はお滝だった。黒猫を膝《ひざ》に乗せ、〝鯖の梅酒煮〟に舌鼓を打ちながら、お花に酌をされている。

「頬っぺたが落ちそう。お酒が進むわねえ、この味」「姐《ねえ》さんに褒めてもらえて、板前も喜びます」などと話している。

お滝は黒い矢絣柄《やがすりがら》の着物に、黒い麻の葉柄の帯を結び、半衿《はんえり》も帯と合わせて黒い麻の葉柄と、洒落《しゃれ》ている。

ちなみに半衿とは襦袢《じゅばん》に縫い付ける替え衿のことだ。半衿の上に、着物の衿が少しずれて重なるので、ちらと覗くものなのだが、そのような細かいところにも洒落てみたい女心というのは、江戸時代でも現代でも変わりはないだろう。半衿は白が一般的であるが、現代でも様々な色や柄のものがあり、着物に合わせて付け替えて楽しむことが出来る。

粋な装いのお滝に、達蔵だけでなくお花もうっとりと見惚れていた。

「姐さんって本当に黒が似合いますね。今日のお召し物も素敵で……。あたいも今度、矢絣の着物、買おうかな。古着屋なら、手が届くから」

「あら、お花、こういう柄好きなの？」

「はい。姐さんが着ているからだろうけれど、すっごくカッコいいです！　……なんだか姐さんのお姿を見ていたら、この黄八丈《きはちじょう》ばかり着てる自分が恥ずかしくなっちまって。だってあたい、来年は十九だし。これじゃちょっと子供っぽいような気がします」

黒猫が「にゃあ」と啼《な》く。お滝は黒猫の背を優しく撫《な》でながら、微笑んだ。

「私のおさがりでいいなら、矢絣柄の着物、お花にあげるわ。青でもいい？」

「ええっ」とお花は目を見開いた。「そ、そんな、悪いです！　あたい、そんなつもりで言ったんじゃ……」

「分かってるわよ。いえね、その青い矢絣の着物、私がちょうどお花ぐらいの歳の時によく着ていたの。着過ぎて飽きちまったせいで、この頃はまったく袖《そで》を通さなくなっていて、売ろうかどうか迷ってたのよ。青といっても、海のような鮮やかな色なの。まだ若くて健《すこ》やかなお花には、きっと似合うと思う。だから、私のお古でよければ受け取ってほしいの。お花に着てもらえれば、その着物も喜ぶと思うから」

「姐さん……感激です。是非《ぜひ》、着させていただきます」

お花は微かに涙ぐみ、黒猫がまた啼く。お滝はお花の肩をさすった。

「よかった。今度持ってくるわね」

二人のやり取りを小耳に挟みながら、木暮と達蔵は梅酒に酔《よ》い痴《し》れる。

「女ってのは好きだなあ、着物だの帯だの半衿だのと」

「うちのカミさんも好きだよ。この頃では帯締めだのまでほしいと言い出しやがって」

ちなみに帯締めとは、帯の上に結んで、帯が解けないように固定する紐のことである。帯締めは、文化《ぶんか》年間に歌舞伎《かぶき》役者が流行《はや》らせた。着物や帯の色に合わせて帯締めを変えるのも、女にとっては楽しいものだ。

するとお紋が料理を運んできた。〝鯖の味噌煮〟に御飯、蕪《かぶ》の漬物だ。

「待ってました」と木暮と達蔵は舌なめずりしつつ頬張り、目を見開いた。

「おっ、これは……いつもの鯖の味噌煮とは一味違うな。味が濃い。でも下品な味じゃねえ、なんとも上質な味だ。飯が進むな、これは」

木暮は御飯を勢いよく搔っ込む。

「色艶《いろつや》も違う、赤みがあるんだ。この味噌はもしや赤味噌を使ってるのかい?」

達蔵が問うと、お紋はにっこりした。

「御名答！　あんたがさっきから見惚れていた、あちらの姐さんからお土産にいただいた八丁味噌を使ってるんだよ」

「八丁味噌か！　だからこんなに深い旨みが出るって訳か。お滝さん、ありがとうよ！」

木暮が大きな声を掛けるとお滝は振り向き、笑みを浮かべて会釈《えしゃく》をした。

「滅法《めっぽう》旨いです！　御馳走《ごちそう》さんです」

達蔵も目尻を下げて、赤い顔をさらに紅潮《こうちょう》させる。お紋はにやりと笑った。

「別嬪さんに鼻の下伸ばしたりしてると、お吟に引っ掻かれて、その四角い顔中傷だらけになるよお！」

すると達蔵は顔を顰めた。

「引っ掻くぐらいならまだいいよ。よその女に色目使った罰だなんてぬかして、着物だの帯だの簪《かんざし》だの、近頃では帯締めまで買えと言いやがる！」

「そりゃ厚かましい」

木暮は苦笑いだ。木暮はお紋からお吟の話をよく聞いていたので――いったいどんな鬼婆あなんだろう――と思っていたのだが、昨年の秋の事件で初めて会った時には……驚いたものだった。

達蔵の話に、お紋はむっとしたようだ。

「やだよ、帯締めなんて最近出来たもんじゃないか。私と同い歳だってのにそんな洒落たもんをほしがるなんて、本っ当にふてえアマ……じゃなくて、ふてえ婆あだよ！」

「おいおい、いいのか大女将、そこまで言って」

「わはは、いいってことよ、旦那。大女将、もっと言ってやってくれ！　うちの婆あ、調子に乗って、長屋のおかみさんたちを集めて〈着物を愛《め》でる会〉なんてものまで作りやがった。どこの呉服問屋の品物がいいとか、どこの古着屋で安く手に入るとか、そんなことを煎餅《せんべい》齧《かじ》りながらべらべら喋ってやがる」

〝鯖の味噌煮〟を御飯に載せて搔っ込みながらも、達蔵の愚痴《ぐち》は止まらない。お吟への鬱憤《うっぷん》がよほど溜まっているようだ。

木暮は蕪の味噌汁を一息に呑み干した。旬の蕪の柔らかな甘みが堪らない。

「女ってのはいくつになっても好きだねえ、着物だの帯だの。……そういや、おたくの長屋には、昨秋、着物の図柄の品評会に出たお峰《みね》さんも住んでるものな。お峰さん、元気かい？」

「元気だよ。亭主に文句言いながらも仲良くやってるわ。……あ、そういや」

達蔵は不意に思い出したようだ。

「着物の集まりでも話題になったそうだが、ほら先日の、京橋の呉服問屋のお内儀が自害したって件。お峰さんがどこかで聞き込んできたそうだが、その自害ってのは、どうやらお内儀が旦那に内緒で拵《こしら》えた借金が原因だってね」

木暮の食べる手が一瞬止まる。

「借金ね……。どこぞの高利貸しかなんかから借りちまったのかね」

「どうやら座頭金《ざとうがね》らしいよ」

鯖の味噌煮の最後の一口を味わいながら、木暮は眉をぴくりと動かした。

木暮は、座頭の徳の市のことを重点的に調べ始めた。お千枝の勾引かしは、徳の市に恨《うら》みを持っている者の犯行とも考えられるからだ。

徳の市については疑問に思うことがあった。近々位《くらい》が上がるというが、勾当《こうとう》になるには五百両（約五千万円）が必要になる。お千枝の探索の過程で徳の市の家に赴《おもむ》いた時、よく五百両も貯めたなとさり気なく訊ねると、徳の市は事もなげに答えたのだ。

「コツコツ貯めました。弟も力添えしてくれましてね」

木暮は内心で小さな引っかかりを覚えた。

——弟は面打師というが、面打師ってのはそんなに儲《もう》かるのか——

それと同時に、達蔵から聞いた噂の真偽を探るべく、自害をした商家の内儀たちのことも調べていくことにした。この二月《ふたつき》で自害したとみられるのは、二名。そのほか夏にも一名おり、繋がりがありそうだった。先日首を吊ったのが、京橋の呉服問屋の内儀。先月身投げしたのは、神田《かんだ》の酒問屋の内儀。夏に身投げしたのは、浅草《あさくさ》の筆屋の内儀である。

「自害した内儀に何か共通点はないか、お前もちょっと調べてみてくれ」

木暮は桂に頼んだ。

「内儀たちが借金をしていたとして、それを苦に自害したとしたら、未払いの取り立ては旦那にいくだろう。取立人に脅《おど》されたとして、これが貧しい家なら奉行所に届け出るだろうが……恐らく分限者の大店《おおだな》ならば世間体《せけんてい》を気にして、言われるがままに金子を払って片付けてしまうと察せられる。内儀が旦那に黙って借金してそれを苦に……なんてことが大っぴらになったら、大店としての面目《めんぼく》は丸潰《まるつぶ》れだからな。どこもそうして済ましているに違《ちげ》えねえ。大店は秘密が漏《も》れないようにしてるぜ。だからこそ、聞き出すのは困難だろうが、やってみよう」

「はい。座頭金というのも気になります。もしや内儀たちが徳の市から借りていたとしたら、自害にまで追い込むのですから相当あくどい貸し方をしているのでしょう」

「かといって徳の市に自害した内儀たちに貸していたかなんて訊いても、正直に答える訳ないからな。商いの上でのことを話すことは出来ないとはぐらかされるのがオチだ。ならば内儀のほうから証拠を固めていくしかねえよな」

木暮は苦み走った顔つきになった。

思ったとおり大店はどこも口が堅く、内儀の自害については蒸し返してほしくないようで、あたってみてもけんもほろろだった。

お千枝の行方も杳《よう》として知れず、木暮が落ち込んでいると、桂から注進があった。

「京橋の呉服問屋〈伊瀬屋《いせや》〉のお内儀は、どうもお祓《はら》いや加持祈禱《かじきとう》のようなものに凝《こ》っていたそうです」

「なに、お祓いだと?」と木暮は目を瞬かせた。

「はい。〈伊瀬屋〉のお石《いし》という下女に訊き出しましたので、信憑性《しんぴょうせい》はあるでしょう。お内儀は自害をする三月《みつき》ほど前から様子がおかしく、目も虚《うつ》ろでぶつぶつ何か呪文のようなものを小声で唱えているようなことがあったそうです。目に見えて様子がおかしくなってきて、下女はお内儀に注意をしていたそうですが、お内儀は独りで部屋にこもって『祟《たた》りよ、これは祟りなんだわ。清めたまえ、祓いたまえ』と叫ぶ声も聞こえたと。下女は、お内儀様が何かに憑《つ》かれたのではないかと心配していたようです。そして、或る日、お内儀と番頭とのやり取りを聞いてしまったと」

「どんなやり取りだったのだ」

「お内儀が店の金を持ち出そうとしたところを番頭に見られ、咎《とが》められたそうなんです。するとお内儀は涙ながらに番頭に頼んだ。いわく、お祓いにお金がかかる、お祓いしてもらわないと私は治らないのだと」

「どこか悪かったという訳ではなかったんだろう？　憑き物が落ちない、ってことか」

「はい、そうだと思われます。……とすると、悪徳の修験者《しゅげんじゃ》、加持祈禱師に引っ掛かってしまったのかと」

「そういや」

木暮は顎をさすった。

「先月に身投げした、酒問屋の内儀ってのは、帯の中にお札《ふだ》みたいなもんを入れてたよな。見たこともないようなお札だったぜ」

「ああ、確かにそうでした。これはやはり、どこぞの似非《えせ》修験者が一枚嚙んでいるのでは？」

「加持祈禱、お祓いねえ……そういうのに詳しい奴はいねえかな」

木暮と桂の目が合い、二人はにやりと笑った。

「いるわ」

「いますね」

「薬研堀《やげんぼり》の〝幽霊《ゆうれい》さん〟だ」

冬の事件を思い出し、二人は大きく頷く。

「よし、早速話を聞きにいってこよう。お花の憧れの男を見てみたいしな」

「同感です」と桂も乗り気だ。

「ところでよ」と木暮は桂の顔を覗き込む。

「お前、あの店の下女からよく聞き出せたな。大したもんだわ」

「いえ……」と桂は咳払いを一つして、続けた。

「瑪瑙《めのう》の玉簪《たまかんざし》で、買収したという訳です」

「なるほど、やるじゃねえか。よくそんなものを持っていたな」

「妻が使わなくなったのを、持ち出したんです。まあ、新しいものを買わされることになるでしょうが」と桂は苦笑いだ。

「女ってのは本当に好きだよなあ、簪とか櫛《くし》とかよ。まあ、簪一本で聞き出せたのはありがてえけどな」

「まったくです」

木暮と桂は頷き合った。


二人は両国は薬研堀にある、邑山幽斎《むらやまゆうさい》の占い処兼住処《すみか》へと向かった。幽斎は占い師で、連日行列が出来るほどの人気者だ。冬に起きた事件で、木暮たちはお花の憧れの男が幽斎であるということを知ったのだが、まだ会ったことがなかった。

お花はどうもその幽斎を好きで堪らないようだ。だが不思議なのは、話に聞く限り、幽斎は、じゃじゃ馬娘のお花が好きになるような男とは思えぬということだった。

実際に幽斎に会ったことのある忠吾とお蘭によると、幽斎は二枚目だけれど青白く、ひ弱で、書物が友という神経質そうな男だという。それゆえ木暮やお紋から「幽霊さん」などというありがたくない綽名《あだな》で呼ばれたりするのだが、そのような男は、毎日元気いっぱいに飛び跳ねているお花には不釣り合いだとしか思えない。お花の相手には、逞《たくま》しくて威勢のよい、野性的な男が相応《ふさわ》しいと、誰もが考えるだろう。……それなのに、どうしてかお花は幽斎に夢中なのだ。

「その幽斎って男、どこにそんな魅力があるのか、よく見てやろうぜ」

「楽しみですね、どんな男か」

探索にいくというにも拘わらず、二人とも不謹慎《ふきんしん》にも胸を高鳴らせながら、ばら緒《お》の雪駄《せった》で道を急ぐ。薬研堀の占い処に着くと十人以上が並んでいた。木暮は下女に、幽斎に話を聞きたいので先にしてもらえないかと頼んだが、結局半刻(約一時間)は待たされた。

ようやく通してもらい、ぶつぶつ言いながらも幽斎と向き合うと、木暮と桂は目を瞠《みは》った。

華奢《きゃしゃ》な躰に黒い着流しと黒い羽織《はおり》を纏い、漆黒《しっこく》の髪は撫《な》での糸垂《いとだれ》。血の気《け》のない顔は透き通るほどに白いが、薄い唇は紅《べに》を差してもいないのにやけに色づいている。その姿は、男にも女にも見え、はたまた美しき妖《あやかし》のようでもあった。

幽斎は深い静寂《せいじゃく》を湛《たた》えながら、圧倒的な光を放ち、木暮たちに相対していた。

言葉を失ってしまった二人に、幽斎は丁寧《ていねい》に礼をした。

「お待たせしてしまい、たいへん申し訳ありませんでした。町方のお役人様のお願いと申しましても、並んで待ってくださっているお客様のことを蔑《ないがし》ろには出来ませんので、どうぞお許しくださいますよう」

「あ……いや、こちらこそ急に押し掛けて、失礼しました」

木暮は我に返り、桂とともに姿勢を正した。木暮は――この男の目で見られると、吸い込まれそうだ――などと思いながら、まずは名乗った。

「南町奉行所の木暮小五郎と申します」

「同じく、桂右近と申します」

「邑山幽斎と申します。占術《せんじゅつ》のほか祈禱や憑き物祓いなども行っております」

「存じています、陰陽師《おんみょうじ》でいらっしゃると。……それで今日はお訊ねしたいことがあるのです」

木暮は切り出し、商家の内儀の自害が何件かあり、その一つに似非修験者が関係しているようだと説明した。

「そこでそのような似非修験者に心当たりがござらんか、貴方様《あなた》にお伺いしたく思いまして」

「なるほど、そういうことですか」

幽斎は息をつく。そこへ年老いた下女がお茶を運んできて、落雁《らくがん》と一緒に木暮たちに出した。下女が下がると、幽斎は続けた。

「亡くなったお内儀は、お祓いや祈禱に凝っていたという訳ですね。悪徳修験者がいるという事実、このような生業《なりわい》の私としては、たいへん腹立たしく、また悲しく思います」

「お気持ち、察します。貴方のように、真面目に仕事されている方には迷惑なお話でしょう。もちろん私どもは、貴方を疑っている訳では決してありません。ただ、心当たりがありましたら、教えてほしいと思いまして。……冬に起きた〝人魚〟の事件でも、貴方の御意見がたいへん重要なものとなりましたので」

するど幽斎は瞠目した。

「あ……それではもしや、貴方様方はお花さんの……」

「そうです。お花が働く〈はないちもんめ〉という店にたむろしている町方です。お花から貴方のお話はよく聞いています」

「その節はお力添え、まことにありがとうございました」

木暮と桂は、幽斎に一礼した。

幽斎は「いえいえ」と恐縮した。

「お力になれてよかったです。……そう、あの時も似非修験者が現れ、世を騒がせましたね。この頃は、ああいった手合いが流行《はや》っているのでしょうか。なんともやりきれません」

「お内儀の自害が果たして悪徳修験者のせいかどうか、その真偽はまだ分かりません。しかし、もし怪しい噂のある修験者をご存じでしたら、教えていただけないでしょうか」

幽斎は少し考え、答えた。

「本願寺橋《ほんがんじばし》近くの南小田原町《みなみおだわらちょう》に、〈聖龍《しょうりゅう》〉という老婆《ろうば》の口寄せ（市子《いちこ》）が突然現れたと、静かに噂が伝わってきています。口寄せとはご存じのように、神霊や生き霊《いりょう》や霊を、呪文を唱えて招き寄せ、その意中を語ることです。お祓いや祈禱とはまた違いますが、生者と霊を取り次ぐという点では似通っているともいえるでしょう。その〈聖龍〉という市子は大層《たいそう》支持を得て、どういう訳か武家や大商人にも顧客がいるといいます。きっと何か裏があるのではないかと囁《ささや》かれておりますので、一度探ってみては如何《いかが》でしょうか」

「なるほど、市子ですか……。南小田原町なら、京橋の辺りですし、臭いますな。ありがとうございます、探ってみます」

「確かに、突然現れた老婆の市子が有力な顧客をそんなに持っているというのはおかしいですね。あたってみる価値がありますね」

木暮と桂の拳《こぶし》に力が入る。

「お役に立てれば嬉しいです」

幽斎は静かに笑んだ。木暮はお茶を啜り、占い部屋を見回す。お花が話していたように、本が堆《うずたか》く積まれていた。

「本がお好きなんですね」

「ええ……。私はほとんど独学でここまでやってきましたのでね。書物に教えてもらい、支えてもらってきて、今でもそうなのです。もちろん、人との繋がりからも得ることは沢山《たくさん》ありますが」

「独学でそれだけの知識を得るとは凄いですね」

幽斎は片方の眉を微かに動かした。

「こんなことを言っては、私塾や寺子屋のお師匠さんに申し訳ありませんが、そ

のような学び舎《まなや》へ一年通うより、一冊の本が教えてくれることのほうが大きいと
いうことだってあると思うのです」
幽斎の切れ長の目は、妖しい光を湛えながらも澄んでいて、木暮は眼差《まなざ》しを逸《そ》
らすことが出来ない。木暮は幽斎を再びしげしげと眺めた。
「いや……お花がいつも褒めてるんでね、貴方のことを。どんな人かと想像して
たんですよ」
「そうなのですか。では、がっかりさせてしまったかもしれませんね。このよう
な者ですので」
幽斎は笑う。木暮は幽斎を真っすぐに見た。
「いえ……お花の気持ちが分かりましたよ。お花のことは小さい頃からよく知っ
てるんでね、まあいわば親代わりのようなもんだと自分では勝手に思ってるんで
す。……幽斎さん、あいつはお転婆《てんば》でこれからも御迷惑を掛けてしまうかもしれ
ませんが、悪気はないと思いますんで、どうかよろしくお願いします」
幽斎は首をやんわりと横に振った。
「迷惑なんてことはありませんよ。お花さんは賢《かしこ》い人ですからね」
「ほう……賢い、ですか」

木暮は心の中で思う。──寺子屋にもろくに通わず、母ちゃんにも婆ちゃんにも一度は見放されそうになったお花のことを、この人はそんなふうに言ってくれるのか──と。

「ええ、そう思いませんか？　お花さんはとても勘が鋭《するど》い。人との距離の取り方も非常に巧《うま》い。私は、お花さんに嫌な思いをさせられたことなど一度もありませんし、これからもきっとないでしょう」

幽斎ははっきりと言い切った。

木暮と桂は礼を述べ、幽斎の占い処を後にした。神無月も半《なか》ば、めっきり寒くなった町を、二人の同心は黒羽織を翻《ひるがえ》して帰っていった。

三

そろそろ紅葉《もみじ》狩《が》りが盛《さか》んになる頃だ。お紋は本所の玄信寺《げんしんじ》へと向かった。今日、十九日は多喜三の月命日なので、墓参りをするのだ。門前で花を買い、墓前で持ってきた半紙を広げると、多喜三の好物だった団子と清酒を供《そな》えた。線香をあげ、両手に数珠《じゅず》を掛けて目を瞑《つむ》り、墓に手を合わせる。お紋は心の中で亡夫に静かに語り掛けた。

——皆、元気で頑張ってますよ。お市はしっかり店を守《も》り立《た》ててくれているし、お花もいい子に育ってくれてます。……私もおかげさまで倒れたりせず、働けています。これもあなたが見守ってくれているからですね。本当にありがとうございます。感謝の限りです——

祥月命日《しょうつきめいにち》、春秋のお彼岸以外にも、亡夫の月命日には、お紋は出来るだけ墓参りをするようにしている。その日は早くから起きて多喜三が好きだった団子やおむすびやバラ寿司などを作り、用意をするのだ。口では「銀之丞〜」などと言っておどけてはいても、お紋は多喜三のことを未《いま》だに片時も忘れたことがなかった。きっと、お市も亡夫に対して同じ気持ちを持っているだろうと、お紋は思う。

線香の白檀《びゃくだん》の香りが、澄んだ空気の中に立ち上る。お紋が目を開けると、多喜三の笑顔が見えたような気がした。墓前で、多喜三の好きだった白と黄色、紫色の菊の花が揺れる。お紋は両手に数珠を掛けたまま、再び目を閉じ、もう一度多喜三に語り掛けた。

墓参りをした後は、お紋はいつも厳《おごそ》かな気分になる。店を開けるまでまだ時間があるので、日本橋まで足を延ばすことにした。今日、神無月十九日は大伝馬《おおてんま》町《ちょう》で〈夷講市《えびすこういち》〉が開かれる。明日の恵比寿講《えびすこう》に必要な道具や食べ物を売る市であり、魚、青物、干物《ひもの》などが並ぶのだ。〈夷講市〉は、現代でも〈べったら市〉として受け継がれている。

二十日《はつか》の恵比寿講は、恵比寿神に商売繁盛《はんじよう》を祈願《きがん》する、商家の祭りだ。この日、江戸の商家では、家内に祀《まつ》られている恵比寿と大黒《だいこく》に鯛《たい》や赤飯を供え、店を早仕舞いして無礼講《ぶれいこう》の宴《うたげ》を開く。この日は奉公人たちにも料理や酒が振る舞われ、鯛や鮭《さけ》、里芋と芹《せり》の吸い物、べったら漬けなどが出される習わしだった。〈はないちもんめ〉でも毎年、店を終えた後に目九蔵を交えて四人でささやかながら呑み食いをして、店のいっそうの繁盛を祈っていた。

──目九蔵さん、あんなにべったら漬けを美味しく作れるのに、〈夷講市〉のべったら漬けを食べたいっていうんだもんね。味を追究したい、って。まったく熱心だ、頭が下がるよ──

そんなことを思いながら、半纏《はんてん》の袖に手を入れ、のんびりと歩く。今日は日が照っているので、寒さはそれほど厳しくは感じなかった。

小舟町《こぶなちょう》の辺りまで猪牙船《ちょきぶね》でいき、そこから歩く。すると道浄橋《どうじょうばし》の近くで「おい、お紋ちゃん！　お紋ちゃんじゃねえか？」と声を掛けてくる者がいた。お紋は驚いて振り返り、さらに驚いた。

「あら、庄平《しょうへい》ちゃんじゃないの！」

紅葉の下に、昔馴染みの庄平が立っていたのだ。あの頃より皺《しわ》も白髪《しらが》もめっきり増えているが、確かに庄平だ。二人は十数年ぶりの再会に共に驚き、そして共に喜んだ。

「懐かしいねえ、元気だった？」

「見てのとおり、ぴんぴんしてら！　お紋ちゃんも元気そうだな。安心したよ」

庄平の無邪気な笑顔が胸に刺さり、お紋はそっと目を伏せた。二人は近くの茶店の床几《しょうぎ》に腰掛け、色づく紅葉を眺めながら、話した。

「この店、〝芋団子のぜんざい〟が名物なんだと。食おうぜ！　奢《おご》るよ」

「ありがと」とお紋は笑みを返す。

「でもさ、店、まだやってんだろう？　いいのかい、こんなとこでのんびりしてて」

「大丈夫さ。昼餉《ひるげ》の刻までにはまだ時間があるし、娘だけじゃなくて今じゃ孫まで手伝ってくれてるからね。板前もいるしさ」

「そりゃ頼もしいや！　ところで今日は買い物か何かで、ここまで足を延ばしてたのかい？」

「うん。……今日は多喜三さんの月命日でさ、お墓参りに行ったついでに、買い物でもしていこうと思ってね」

庄平はお紋を見つめた。お紋より一つ上の庄平の目尻には細かい皺が刻まれており、それがいっそう眼差しを和《やわ》らげている。

「そうか……。お紋ちゃんは優しいなあ。多喜三さんが亡くなってからだいぶ経つってのに、月命日にお墓参りにいくなんてさ。俺なんか、カミさん亡くなって五年で、春秋の彼岸ぐらいしか行かないぜ、墓参り」

お紋は庄平を見つめ返した。

「お浪《なみ》さん、亡くなったのかい？」

「ああ、三年ぐらい病で苦しんでたから、変な言い方だけれど、逝《い》った時、悲しい反面ホッとしたってのもあったよ。これであいつ、もう苦しまなくていいんだな、って思ってさ。辛そうだったからな、ずっと」

「そうだったのかい……。お浪さん、綺麗な人だったよね。優しくてさ……何度か一緒に食べにきてくれただろ。嬉しかったよ」

不意にこぼれた涙を、お紋は指でそっと拭う。そんなお紋の横で、庄平は洟《はな》を少し啜《すす》った。

「俺、漁師だっただろ。だから仕事が忙しくなっちまって、引っ越したりもして、なかなか店に行けなくなっちまったんだよな。ずっと、行きたい行きたい、って思いながらさ」

「仕方ないよ。環境が変われば、なかなか行けなくなるってことあるもの。それよりさ、私や店のことを覚えていてくれただけで、嬉しいよ。庄平ちゃん、ありがとね」

庄平は返す言葉も見つからず、大きく頷く。〝芋団子入りぜんざい〟が運ばれてくると二人は箸をつけ、目を見開いた。

「薩摩芋の団子、ほっこり甘くて、もちもち軟《やわ》らか、こりゃ乙だ！」

「薩摩芋と小豆って合うんだな。甘くなり過ぎるかと思ったけど、諄《くど》くないな、まったく。どちらも自然の甘みで、これはいいわ」

紅葉の下、二人は笑顔を輝かせ、甘味に舌鼓を打つ。その優しい甘さは、二人の心を表しているかのようでもあった。

「庄平ちゃん、今この近くに住んでるのかい？」

「いや、今は佃島《つくだじま》の漁師町で、息子夫婦たちと暮らしてんだ。息子も漁師になったからさ」

「おや、佃島の漁師かい？　じゃあ白魚《しらうお》を御公儀に献上したりしてんだ、凄いねえ。佃島なら、うちと結構近いじゃない」

「うん。こうして再び会えたのも何かの御縁だろうから、また食べにいくよ。必ず」

「待ってるよ……ありがとね」

二人は寄り添いながら、薩摩芋の団子を嚙み締める。餡が絡《から》んだ、黄金色《こがねいろ》の団子。軟らかな弾力の歯応《はごた》えに、お紋は目を細めた。

「ところで、今日はどうして日本橋まで来たんだい？　庄平ちゃんも夷講市？」

「お紋ちゃんもかい？　お互いさまだな。嫁にべったら漬け買ってきてくれって頼まれちまってさ」

「私もだよ。板前に、後学のためにべったら漬けを買ってきてくれって言われちゃってね」

「夷講市がきっかけで再会出来たなんて、縁起がいいじゃねえか。恵比須様に感謝しなきゃな」

「べったら漬けが取り持つ、べったら縁、かもしれないね」

「べったら縁か、そりゃいいや」

二人は顔を見合わせ、笑う。風は少し冷たくなってきたが、お紋は寒さをほとんど感じなかった。

久しぶりに会った二人は、たわいもない話に心を和《なご》ませる。

「……へえ、じゃあ、八丁堀の旦那たちにも力添えしてるって訳だ」

「そうなんだよ！　町方っていったって、間抜けだったりドジ踏んだりもするからさ、お手伝いしてやってるのさ。それなのに奴らときたら私たちのことを〝ずっこけ三人女〟だの〝三莫迦《ばか》女〟だのってからかうんだからね。許せないよ、私ゃあ！」

「そりゃ酷《ひで》えや！　言ってやれよ、一番阿呆《あほう》なのはさて誰でしょうねってさ！」

「ホントだよ、あのすっとこどっこいが！」

二人は大声を上げて笑い、「ああおかしい」と目尻を指で擦《こす》る。一息ついて庄平はお紋を優しく見つめた。

「ホントよかったよ。お紋ちゃん、元気で。どこも悪いところなさそうだもんな。……仕事にも家族にも恵まれて、いい仲間もいるからだろう。幸せなんだな。俺も嬉しいよ」

お紋は唇を微かに震わせ、庄平から目を逸《そ》らして紅葉に目をやった。そして、声を少し掠れさせた。

「紅葉ってさ……あんなに鮮やかに見えるけど、落葉する前の状態なんだよね」

庄平はお紋の横顔を見る。お紋は紅葉に目をやったまま、続けた。

「私さ、元気に見えるかもしれないけれど、病に罹《かか》ってるんだ。医者に言われた。お腹に大きな腫物《はれもの》が出来ていて、それほど長くはない、って」

庄平は目を何度か瞬かせ、お紋の横顔を見つめたまま訊ねた。

「長くはないって……？」

「命が、ってことさ」

お紋は庄平を見つめ返した。雲が流れ、どこからか百舌鳥《もず》のさえずりが聞こえてくる。二人は暫く無言のままだった。ほんの少しの間だったが、お紋にはとても長く思われた。

「……それは確かなのかい？」

今度は庄平が声を掠れさせた。

「お市の亭主だった順也を診《み》てくれたお医者でね、腕はいいと評判だったよ。順也の時も、そのお医者が診断したとおりだった。労咳《ろうがい》（結核）でもって一年前後と言われ、ちょうど一年後に逝ったんだ。だから、私も覚悟はついてるよ」

お紋は微かに笑む。庄平は膝の上に置いた拳を、強く握《にぎ》った。

「その医者には定期的に診てもらってるのかい？」

「ううん、一度行ったきりだ。……情けないことに、怖くなっちまってね。定期的に診てもらえば、常に私の寿命は後どれぐらいって意識することになるだろう？　それが耐えられなくてさ。なんだか余計に病が進んじまいそうで、それなら倒れたら倒れたでその時だ、って思ってさ。覚悟がついたら、気が楽になったよ。いつか倒れる時まで毎日楽しく生きてやろうって、美味しいもの食べて、仕事頑張って、笑いながら暮らしてるって訳さ。……でもね」

お紋はくすくす笑う。

「不思議なことに、そうやって生きていたら、病のほうも呆《あき》れちまったのか、痛みに襲われるなんてこともなくなった。落ち着いてるね、今のところは。……まあ、また不意に襲ってくるのかもしれないけれどね」

「そうなのかい……。なあ、お紋ちゃん、もう一度、別の医者に診てもらうってのはどうだい？　評判のよい医者っていうけど、医者だって万能じゃねえや、誤診だったってこともあり得るんじゃないか？」

庄平は真剣な面持ちで言う。

「うん……それも考えたけれど、正直、今その勇気はないんだ。もしほかの医者に診てもらって、また同じような診断をされたら、その時こそ私は本当に倒れちまいそうな気がしてね。……分からないよ。そのうち気が変わって、庄平ちゃんが言うように別の医者に診てもらう気になるかもしれない。でも、まだ……」

不意に口を閉ざしたお紋の目から、涙が一滴こぼれた。庄平はお紋の背をそっとさする。漁師だった庄平の手はごつごつとしているが、大きくて温かだった。

「ごめんな。辛いこと話させちまって」

「ううん、私が勝手に話したんだ。庄平ちゃんが謝ることないさ」

お紋は洟を少し啜って、続けた。

「自分でも不思議さ。……私、病のことを話したのって庄平ちゃんが初めてなんだ。娘にも孫にもずっと話せなくてね。仲のいい人たちにもさ。それなのに、どうしてなんだろうね、こんなに久しぶりに会った庄平ちゃんに。……ごめんね、湿っぽくなっちまった」

庄平は優しい声で訊ねた。

「痛みはないんだろう？　食欲もあるんだろう？　飯はちゃんと食べてるかい」

「食べてるさ。ほら、ぜんざいだって、ぺろりさ」

お紋は空《から》になった椀《わん》を差し出した。庄平は浅黒い顔をくしゃっとさせて笑う。

「元気そうだもんな。……よし、じゃあ、今日から二人でお百度参りをしないかい？　お紋ちゃんの病がすっかり治りますように、って。二人で祈れば、一人で祈るより、倍の効果があるぜ」

お紋は目を瞬かせ、庄平の顔をじっと見る。庄平は力強く言った。

「よし、決まりだ！　ほら、稲荷橋《いなりばし》の近くの湊《みなと》神社なら、お紋ちゃんのところにも近いだろう。あそこにしようぜ」

「そ、そんなことに毎日付き合わせちゃ悪いよ」

「いいってことよ！　っていうか、俺がお紋ちゃんと一緒に祈りたいんだ。させてほしいんだよ、お百度参りを。……それとも時間が取れないかな。どうしてもダメかい？」

お紋は首を大きく横に振った。

「時間が取れないなんてことはないさ！　……ただ、気を遣わせちゃって悪いなあって思ってさ。でも御厚意に甘えちまっていいのかな、って」

　二人は見つめ合う。庄平はまた顔をくしゃっとさせて笑った。

「いいに決まってるじゃねえか。甘えてくれよ、お紋ちゃん。……あんたきっと、頑張り過ぎてたんだよ。多喜三さんが亡くなってから、何もかも独りで背負《しょ》い込んで、弱みを見せることが出来なかったんじゃねえか？　娘にも孫にもさ。……だから、疲れが出ちまったんだよ。人に甘えることが出来たら、疲れも取れて、そしたら病だってすっかり治っちまうよ」

　庄平の笑顔は優しくて、お紋は再び指で目尻を拭った。

「確かにそうかもしれないね。……今日、こうして話せただけで、とても楽になったからね、心も躰も。庄平ちゃんのおかげだよ」

「それはよかったよ。まあ、毎日お参りするのは結構たいへんかもしれねえけど、よろしく頼みます」

　庄平に頭を下げられ、お紋も慌《あわ》てて「こちらこそ」と一礼する。顔を上げて目が合うと、二人は笑みを浮かべた。

「さてこれから夷講市へ行って、その後お参りにいくか。あ、でも昼に間に合わないかな。じゃあお参りは明日からにしようか」

「ううん、今日からがいいよ。こうやって再会出来たんだもん、今日の日に感謝してね」

「よし、じゃあ今日からだ！　夷講市にも行くだろう？　べったら漬け買わなくちゃな」

「うん。ほかにも二、三、頼まれてるからね」

「なら早くいこう。その後、お参りだ」

「べったら漬け持ってね」

よく晴れた空の下、二人は笑い声を上げる。お紋の顔から憂《うれ》いは消え、清々《すがすが》しさに満ちていた。お紋にとって、こうして一緒に祈ってくれる人がいることこそが、最高の良薬なのかもしれなかった。

第三話　蜂蜜《はちみつ》お餅《もち》

一

お千枝が消えて半月ほどが経《た》ったが、依然《いぜん》として手懸《てが》かりは摑《つか》めず、身代金の要求もなかった。

木暮は座敷牢《ざしきろう》の中の徳之助が本人か否《いな》か気になるも、お千代が言い張っているすり替えが真実かどうかもはっきりしないので、手を拱《こまね》いていた。

一応、徳之助の叔父《おじ》である惣次郎に事情を聞いてみたが、概《おおむ》ねお千代が話していたとおりだった。徳之助が或《あ》る日突然物狂いを始めたので、徳の市とも相談して座敷牢に入れたという。惣次郎は徳の市より二つ下の四十八歳で、大柄で眼光が鋭《するど》く、威厳が感じられた。

「徳之助は兄の子なのですから、兄に相談せずに私の一存で牢に入れるなどする訳がありません。兄も手に負えなくなってしまったのですよ。あそこに入れた後も、何度かお祓《はら》いや祈禱《きとう》をしてもらったのですが……効果はありませんでした」

惣次郎は厳《いか》めしい顔を伏せ、溜息《ためいき》をついた。

「あのまま閉じ込めておくつもりなのですか」

「……ほかにどうすることも出来ませんからね。兄はあのとおりです。自分のことをするにも、誰かの助けが必要なのです。おかしくなってしまった息子の面倒など見ることが出来る訳がない。未熟な養女たちにも任せる訳にはいかない。医者に診《み》てもらっても、どうにもならない。お祓いや祈禱も効果がない。ならば、ああしてでも生きていてくれればいいのです。万が一にも、正気に戻ることがあるかもしれないではないですか。兄も私も、その時を待っているのです」

惣次郎の唇《くちびる》が震える。木暮は思った。

――この男は、弟子でもあった甥《おい》のことを、考えてやってはいるようだな――

「徳之助さんはおとなしいようですので、どうです、せめて座敷牢ではなく普通の部屋に入れておいてあげれば。正気に戻るまで」

惣次郎は苦々しい顔で首を振った。

「徳之助は今はおとなしくなっておりますが……実は、物狂いを始めた時、面を被《かぶ》って踊りまくり、井戸へ飛び込もうとしたのです。私と下男で必死に止めましたが」

「自害しようとしたのですか？」

「はい。それがあまりに恐ろしくて……。だから、ああして何もない、隔離されたところに置いているのです。あそこには井戸も川も刃物も、縄も毒薬もない。もし死ぬことが出来るとしたら舌を嚙《か》み切るぐらいですが、幸《さいわ》いなことにその勇気はないようです。お分かりいただけますか？　私たちは徳之助を座敷牢に入れることで、守っているのですよ。他人様《ひとさま》から見ればあんなところに閉じ込めておくのは酷《ひど》いと思われるかもしれませんが、ちゃんと毎食与えておりますし、徳之助の調子がよい時には湯あみもさせております。決して、他人様が思われるような無体《むたい》な真似《まね》はしていないのです」

「……なるほど」

木暮には返す言葉がなかった。惣次郎や徳の市の気持ちが、分からないでもなかったからだ。

調べてみると、惣次郎の腕は確かで、公儀や諸藩にも面を献上しているとのことだった。ちなみに現代では「能楽」と言われるが、この時代はまだ「猿楽《さるがく》」と呼ばれていた。猿楽は鎌倉《かまくら》時代から公家《くげ》や武家の庇護《ひご》を得て、室町《むろまち》時代には織田《おだ》信長《のぶなが》や豊臣秀吉《とよとみひでよし》に愛好され、それは徳川家康《とくがわいえやす》にも受け継がれて、江戸時代には武家社会の正式な式楽となった。各藩もお抱《かか》えの猿楽師を雇うようになり、猿楽師から大名に出世する者までいたほどだった。つまり猿楽は武家社会からも一目《いちもく》置かれていたのである。

惣次郎は内儀と一緒に、兄の家から少し離れた一軒家に住んでいた。この辺りには大店《おおだな》や妓楼《ぎろう》の寮（別荘）が多いのだが、それらの売りに出されたものを買い取って住んでいるようだ。それゆえ兄弟とも庭付きのなかなか広い家で、木暮は正直——羨《うらや》ましいぜ——などと思った。

また惣次郎は、これも兄と同じく、日本橋に面打ち所を構えていた。お千枝とお千代が謎《なぞ》の料理屋がある場所は日本橋近辺だろうと察しをつけたのは、徳之助がその面打ち所で働いていたことを知っていたゆえであろう。

木暮と桂は、次に幽斎から教えてもらった〈聖龍〉という市子を探ってみたが、商家の内儀たちが通っているといった事実は摑めなかった。

信者たちの評判も悪くはなかった。聖龍は元々、結構知られた産婆《さんば》だったらしい。難産や死産などを決して出さなかった確かな腕前の持ち主で、聖龍を頼る人はその頃から多かったという。

祈禱所の小さな窓から聖龍の姿を覗《のぞ》き見ても、長い白髪《しらが》を後ろで束ねて白い装束を身に纏《まと》った、ちんまりとした老婆で、とても悪業を働くとは思えぬ。否、悪業を働く体力がもうなさそうだ。

「こりゃ、当てが外れたかな」と木暮が顔を顰《しか》めると、桂も頷《うなず》いた。

「一応、目を離さないではおきますが……関係はなさそうですね」

同心としての勘を働かせ、二人は溜息をついた。


そんな折、お花が引き札（チラシ）を往来で配って戻ってくると、店の前ではったりお鈴《すず》とお雛《ひな》に出くわした。二人は共に十歳で、寺子屋の師匠である村城玄《むらきげん》之助《のすけ》をめぐって恋敵《こいがたき》である。それゆえ喧嘩《けんか》ばかりしているのだが、どうしてかいつもつるんでいる。黙っていれば名は体《たい》を表すというように、お鈴は子猫に、お雛は小鳥にどこか似ていて可愛《かわい》いのだが、話すとこまっしゃくれた娘たちで、お花も手を焼いていた。

お鈴とお雛は、お花に桜色の手ぬぐいを差し出した。

「どうしたの、これ？」

「あそこの角で、女中さんみたいな人から、頼まれたの。『これをあそこの〈はないちもんめ〉ってお店に届けて』って」

「この前お借りして、返すの忘れたからって言ってたわ。自分で返しにいくべきじゃないかとも思ったけれど、飴《あめ》をくれたから」

二人とも手毬飴《てまりあめ》の袋を持っている。お花は呆《あき》れた。

「なるほど飴で買収されたって訳か。……でも変だなあ。手ぬぐい貸したお客さんなんていたっけ？　貸したとしたらおっ母《か》さんか婆ちゃんだよな。……ねえ、その女中さんらしき人って、いくつぐらいだった？　どんな人？」

「そうねえ、十五、六じゃないかしら」

「うん、それぐらいだった。ふっくらして、紺色《こんいろ》の紬《つむぎ》の小袖《こそで》を着ていたわ」

――そういうお客さんっていたっけ？――

お花は思いをめぐらすが、やはり心当たりがない。

「そうか……。兎《と》に角《かく》、届けてくれてありがと。何か食べてく？」

お鈴とお雛は顔を見合わせた。

「お言葉は嬉しいけれど、遠慮するわ。飴をもらっちゃったし、これ以上あれこれ食べると太るから」

「またにしておくわね」

お花は再び呆れる。

「あんたたち、今からそんなに外見《そとみ》を気にしてんの？　あたいがあんたたちぐらいの頃なんて、太るとか痩《や》せるとかまったく気にしなかったけれどね」

お鈴とお雛は頷《うなず》き合い、溜息をつく。

「恋をすると、気になるようになるのよ」

「それが女ってものでしょ。お姉ちゃん、私たちぐらいの時、ずいぶん子供だったのね」

お花が絶句していると、二人は「じゃあ、ちゃんと届けましたので、ごきげんよう」と去っていく。その後ろ姿を眺めながら、お花は首を捻《ひね》った。

——育ちざかりってのもあるだろうけれど、確かにこの一年であの二人、背もずいぶん伸びたよな。もしや……あと数年後には、本当にどちらかが玄之助さんに嫁《とつ》いだりして？　まあ、玄之助さんには八重《やえ》さんがいるから、ある訳ないけど。でも、あいつらなら、やりかねない——

二人の背で、赤い帯が金魚のように揺れていた。

お花は店の中に入ると、ほかの三人に訊《たず》ねた。

「ねえ、誰かお客さんにこの手ぬぐい貸した？」

お花が桜色のそれを掲《かか》げるも、三人とも心当たりがないという。

「なに、あの早熟《ませ》た二人組が遣《つか》わされたってのかい？」

お紋は怪訝《けげん》そうな表情だ。

「なんだか、おかしな話ね」

お市は肩を竦《すく》めた。

お花は妙に気になり、手ぬぐいを見つめる。よく見ると、端のところが二枚合わせで縫《ぬ》ってある。胸騒ぎを覚えてそこを引《ひ》き裂《さ》くと、何か書かれていた。

《件《くだん》の店　お餅《もち》にハチみつ。ご存じの片割れより》とある。

「ご存じの片割れって……もしや、お千枝さん？」

お花は思わず大きな声を上げた。お市、お紋、目九蔵も手ぬぐいを覗き込み、顔を見合わせる。

「この手ぬぐいをうちに持っていくようにあの子たちに頼んだのは、お千枝さんかしら。……いいえ、そうじゃないわよね。十五ぐらいの女中さんらしき人ならば」

「お千枝さんが、その女中さんらしき誰かに頼んだんじゃないかな。それで万が一、書いたことを見られてもどういうことか悟《さと》られないように、最小限の言葉で何かを伝えようとしたんだと思う」

お花の推測に、お市も頷いて納得する。お紋が首を傾《かし》げた。

「つまり、お千枝さんたちが探していた件の料理を出す店は《お餅にハチみつ》ってことか？　どういう意味だろう。店の名前か、それとも店の在《あ》り処《か》か？」

はないちもんめたちは考え込んでしまう。

「長年生きてる私だけど、《お餅にハチみつ》なんて店の名は聞いたことないね。とすると、店の在り処を意味しているのかね」とお紋。

「そうかもしれないわね」とお市。

「でもさ、店の在り処を示しているとして、《お餅にハチみつ》って……つまりはどこなんだよ？」

はないちもんめたちが侃々諤々《かんかんがくがく》やっていると、目九蔵が〝黄粉と蜂蜜を塗《まぶ》した餅〟を出してくれた。

「さ、一息ついてください。お花さん、引き札配りお疲れさまでした」

「ありがと、目九蔵さん！」

お花は顔を和《やわ》らげる。

「目九蔵さんってホントに気が利《き》くじゃない」

お紋もお茶を啜《すす》った。

店の休《やす》み刻《どき》なので、三人は座敷に腰を下ろして〝黄粉と蜂蜜を塗したお餅〟に舌鼓《したつづみ》を打つ。

「砂糖よりも蜂蜜を使った安倍川餅《あべかわもち》のほうが美味《おい》しいねえ。最高」

皆の目尻が垂れた。

「なんとも上品な甘さで、蕩《とろ》けそうだよね」

「蜂蜜をかけた餅がこんなにいけるなんて、お恥ずかしいことにこの歳まで知らなかったよ私ゃあ」とお紋も夢中で食《は》む。

「こんがり焼けたお餅と蜂蜜の相性っていいのねえ。ホント、お花が言うように、口の中で蕩けそう。癖《くせ》になるわあ、この味」

「もしや件の店では、こういう料理を出すってことなのかな。この料理が目玉になってる店ってこと？」

孫の言葉に、お紋は再び首を傾げる。

「でも……砂糖の代わりに蜂蜜を使った安倍川を出す店って、やはり聞いたことないね、私は。ねえ、ちょいと目九蔵さん！　あんたそういう店知ってる？」

大声で訊ねてみたが、目九蔵にも心当たりがないようだった。

「そないに美味なら、うちの目玉の品書きにしたいですわな」

目九蔵が意見すると、はないちもんめたちは「まったく」と大きく頷いた。

頭を悩ませながらも、はないちもんめたちは蜂蜜の安倍川餅をぺろりと平らげ、お茶を啜る。お市が不意に言った。

「そういえば、阿部川町《あべかわちょう》ってあるわよね。浅草のほうに」

お紋とお花は顔を見合わせる。

「もしや料理屋の場所は阿部川町だと伝えたかったのかな。あの辺りを虱潰《しらみつぶ》しにあたれば、分かるかもしれないね」

「でもさあ、不思議だよね。この手ぬぐいがお千枝さんの仕業《しわざ》だとして、どうして自分の居場所よりも、店の在り処のほうを伝えたかったんだろう」

お花は首を捻る。お紋は腕を組んだ。

「ふむ。ってことは、千枝さんのいる場所は安全なのかね。自分よりも、件の店を先に探し当ててくれってことだもんね」

「どういうことなのかしらね。例の、梅の花の形の料理を出す店に、何が隠されているのかしら」

「こんなふうにしてまで伝えたいってことは、何かあるんだろうね、やはり。……結構、重大なことなのかもしれない」

はないちもんめたちは頷き合った。

その夜、木暮と桂がふらりと店を訪れた。

「だいぶ肌寒くなってきたなあ。女将《おかみ》、熱燗《あつかん》で頼む」

「はい。ただいま」

今宵《こよい》のお市は桔梗色《ききょういろ》と白藤色《しらふじいろ》のよろけ縞《じま》の着物を纏《まと》い、まさに桔梗の如《ごと》く落ち着いた色香を湛《たた》えている。そんなお市に微笑《ほほえ》み掛けられ、男たちの疲れも吹き飛ぶようだ。

お市は板場へと向かい、料理と酒を持ってすぐに戻ってきた。

「お待たせしました。〝里芋の茸餡掛け〟です」

湯気の立つ小鉢を眺め、木暮と桂は舌なめずりする。

「里芋がほくほくと誘っているぜ」

木暮は早速《さっそく》箸を伸ばした。桂も一口で里芋を頰張り、満面に笑みを浮かべる。

「こういう味がほっとするんですよねえ」

「まさにな。舌は喜び、心は和《なご》むぜ。またこの茸の餡がよ、とろりといい味してんだ。椎茸にシメジに」

「舞茸《まいたけ》も入ってますね。茸たっぷりの甘辛い餡が里芋に絡《から》んで、実に贅沢《ぜいたく》です。

こういう昔ながらの、いわば定番の料理は、食べ飽きることがありません」

「桂、いいこと言うじゃねえか。まさにずっと伝えていきたいような味だわ」

夢中で頬張る二人を眺め、お市の目尻も下がる。

「お褒めのお言葉、嬉しいですわ。心が和む料理だなんて……板前、きっと感激します」

「本当のことを言ったまでよ。里芋にもしっかり味が沁《し》みてて、絶品だぜ」

「あっという間に食べ終えてしまいました」

木暮と桂は満足げな息をつき、お市に注《つ》いでもらった酒を啜る。

「では次のお料理をお持ちしますね」

お市が立ちかけると、お紋が運んできた。

「はい、〝里芋の揚げ餅〟だよ。揚げ立てだから冷めないうちにどうぞ」

「なに、揚げ餅だと？」

「衣揚げとは違うようですね」

木暮と桂は皿をまじまじと見る。お紋は簡単に説明した。

「茹《ゆ》でた里芋を擂《す》り潰《つぶ》して、片栗粉と青海苔と塩胡椒《しおこしょう》を混ぜ合わせて、丸めて揚げたのさ。片栗粉が合わさると粘りけが出て餅の如くなるんだよ」

「ほう……いただいてみよう」

木暮と桂はふうふうと冷ましながら頰張る。ゆっくりと嚙み締め、にんまりとした。

「くううっ、これまた旨《うめ》えじゃねえか！　一口目はさくっ、次にもちっ、ときて堪《たま》らねえわ」

「先ほどの料理がほっとする味なら、こちらははっとする味ですね。同じ里芋でも、調理によって化《ば》けるものです」

「里芋自体にとろみがあるから、余計に餅っぽくなるんだな。ただの餅よりいけてるぜ」

「ただの餅ですと酒の肴《さかな》には相応《ふさわ》しくありませんが、こちらですと酒が進んで止まらなくなりますね」

二人は〝里芋の揚げ餅〟二つをすぐに食べ終え、お代わりまで注文した。

「よほどお気に召してくれたのね」

お市が微笑むと、木暮はにやりとした。

「おう、餅肌の女将を眺めながら食う揚げ餅ってのは、一段と絶品だからな」

「まあ」

お市はふくよかな白い頬を染める。木暮は酒を啜り、静かに笑っていた。

お代わりが届き、木暮と桂が「里芋ってのは地味な割に底力がある食いもんだ」と、里芋の味に感激していると、お客を送り出したお花が寄ってきた。

「ねえ、これ見てよ」

お花は例の手ぬぐいを差し出し、経緯を説明する。黙って聞いていた木暮と桂は腕を組み、頷いた。

「なるほど……それでお前らは、件の料理屋は阿部川町にあるんじゃねえかと察したって訳だな」

「そうなの。安倍川餅から阿部川町では単純過ぎるようにも思うけれど、お千代さんって十七でしょう。それぐらいの歳の娘さんだったら、そんなふうに結びつけるんじゃないかしら」

「うむ、女将の言うことも一理あるかもな。兎に角、お千代は無事なようで安心したから、一か八か阿部川町をあたってみるか」

「やってみましょう」

木暮と桂がやる気になっていると、戸が開き、美女二人が入ってきた。

「あら、お蘭さん、お陽《よう》さん、いらっしゃいませ」

お市が声を上げると、二人は「こんばんはぁ」とにっこりする。

先にも述べたがお蘭は深川遊女あがりで今は妾《めかけ》暮らしを満喫している二十九歳、お陽は深川芸者あがりの二十八歳で、お蘭とは深川時代からの仲である。目が覚《さ》めるような白練色の着物を纏っているお蘭は名前の如く蘭のような華やかさ、落ち着きのある江戸紫色の着物を纏っているお陽は、菖蒲《あやめ》のような麗《うるわ》しさだ。

二人はお紋に案内され、木暮たちの近くに座った。

「あら旦那方、今夜も〈はないちもんめ〉の皆様に癒《いや》してもらってるのね」

お蘭が悩ましい声で話し掛ける。常連同士、顔見知りなのだ。

「まあな。この店は気さくで来やすいからな！　なんといっても旨いしよ」

「あら、それはなあに？　旦那が食べてるの」とお蘭が首を伸ばす。

「おう、これは絶品だぜ。〝里芋の揚げ餅〟だ」

「ふうん、美味《おい》しそう。じゃあ、わちきたちにも、あれと同じのちょうだい！」

お蘭はお紋に注文する。

すると再び戸が開き、颯爽《さっそう》とした男と、淑《しと》やかな女が入ってきた。

「あら、お師匠さん方、いらっしゃいませ！」

お紋が声を弾《はず》ませる。玄之助と八重もこの店の常連で、ともに武家の出で寺子屋の師匠をしているのだ。

「あら、お師匠さんじゃない」

目の色を変えたお蘭を、お紋は軽く睨《にら》む。以前、店の中でお蘭が玄之助に露骨にちょっかいを出し、八重を傷つけたことがあったのだ。

お蘭と目が合い、玄之助は店を出るか一瞬躊躇《ためら》ったようだったが、お紋がすっと寄って、二人をお蘭たちから離れた隅の席へと案内した。

「私が目を光らせてるからね、大丈夫。ゆっくりしてってね」

お紋は小声で八重に囁《ささや》く。

「お気遣いありがとうございます」と八重は丁寧《ていねい》に答えた。八重は地味な藍色《あいいろ》の紬を纏っているが、楚々《そそ》とした美しさに溢《あふ》れている。玄之助は八重のそのようなところに惹《ひ》かれているのだ。お紋は心配しているものの、八重はお蘭に対して不快な思いを抱いている訳ではない。お蘭に嫌がらせをされたおかげで、玄之助の気持ちがはっきり分かり、二人の仲がいっそう深まったからだった。武家の出とはいっても苦労をした八重は、儚《はかな》げに見えても芯は強いのだ。

静々と歩いていく八重を眺めながら、お蘭はつまらなそうに唇を尖《とが》らせる。すると木暮が声を掛けた。

「おい、お蘭さんにお陽さん、こっち来て一緒に呑《の》まねえかい？　それともナニかい、俺たちみてえな四十を過ぎたおっさんと呑むんじゃつまらねえかい？」

お蘭は木暮に振り返り、陽気に答えた。

「あらあ、旦那、そんなことないわよ！　わちき、おっさん好きだもの！　それに旦那は、おっさんっていっても、わちきの旦那様より若いじゃないの」

「じゃあ、こっち来な」

木暮が手招きすると、お蘭とお陽はいそいそと席を移る。

――お蘭さんが玄之助さんたちに何かしないよう、傍《そば》に引き寄せて見張ってくれるという訳ね――

お市は木暮に目配せし、そっと頭を下げた。

――玄之助さんと八重さんにはお母さんがついていてせっせとお料理を運んでいるから、問題は起きそうもないし――

お蘭たちも交えて酒盛りとなり、木暮たちの座はいっそう賑《にぎ》わった。目九蔵が運んできた〝蓮根の海老《えび》挟み焼き〟に、お蘭は悶絶《もんぜつ》する。

「きゃあ、美味しくて気絶しそう！」

「蓮根はさくさくと、海老はぷりぷりと、芳《こう》ばしくて堪りません」

お陽も目を細める。

「蓮根で挟むってだけで、どうしてこうも極上になるんだろうな。海老は勿論《もちろん》、太刀魚《たちうお》なんかを挟んでも絶品だし、蓮根で挟むってのには、ときめくな」

「なにやら贅沢な感じになるから不思議です、挟んだだけで」

「噛み締めると、挟まってる具が口の中に飛び出して広がるの。その感触がいいのよお！」とお蘭は昂《たか》ぶる。

四人は舌鼓を打ちながら、酒を楽しんだ。この料理に酒はよく合うようだ。

「ねえ、女将さん！　これ今度、旦那様に作ってあげたいから、作り方教えて」

お蘭にねだられ、お市は答えた。

「擂り潰した海老と刻んだ葱を混ぜ合わせて、おろし生姜と酒と醤油で味付けしたあと、片栗粉を塗した蓮根で挟んで両面をこんがりと焼くのよ。お蘭さんが作ってあげれば、笹野屋様、大喜びなさるわ」

お蘭はぺこりと頭を下げた。

「気前よく教えてくれて、ありがとう。……でもこうやって教えてもらって作っても、いつも上手《うま》くいかないのよね、わちきの腕だと。どうしてかしら」

「うちの板前曰《いわ》く、料理は慣れとのことだから、懲《こ》りずに作ってあげたらいいんじゃないかしら」

　お市が微笑むも、お蘭は溜息をついた。

「わちき、毎日は面倒くさいのよね。作りたくなった時だけ作るのが、いいの。それがわちきに合ってるのよ」

「それじゃダメだわ！」と木暮が声を上げ、笑いが起こる。しれっと料理を頰張っているお蘭を、お陽は羨ましげに眺めた。

「お蘭さんはいいわよね、笹野屋の大旦那様のおかげで悠々《ゆうゆう》と暮らしていけて。あちきはそろそろ本気で自活しなきゃいけないから、稽古《けいこ》にも励まないと」

　なんでもお陽は、元芸者の腕を生かして、常磐津《ときわづ》の師匠になるべく特訓中だという。お陽は或る事件に巻き込まれた折、木暮の計らいで芸者から足を洗い、纏まった金子《きんす》を得ることが出来た。それゆえ暫《しばら》くはその金子を頼りに暮らしていたのだが、そろそろちゃんと働こうと、やる気になったという訳だ。

　お陽の言葉に、お蘭は大きな目を瞬かせた。

「あらあ、そんなこと仰《おつしや》いますけどね、妾の暮らしってのも傍《はた》から見るより楽ではないのよ！　これでも色々気を遣ってるんだから、わちきだって」

「まあ、他人様の暮らしってのは、よく見えるもんだよな」

木暮は笑う。桂がお陽に訊ねた。

「独りで稽古してるんですか？　それとも誰かに見てもらっているんですか」

「ええ、深川のお師匠のところへ通っております。なかなか厳しくて……。でもどうしても、好きな三味線《しゃみせん》の道で生きていきたくて頑張っております」

「いい心がけじゃねえか、応援してるぜ」と木暮が励ますと、「私もです」とお市も頷いた。すると今度はお蘭がお陽を羨ましげに見た。

「なんだか遣《や》り甲斐《がい》があって楽しそうじゃない、お陽ちゃんったら。イキイキしちゃってさ。ふん、わちきも退屈してないで、何かやろうかしら。三味線はダメだけど、踊りのほうはなんとかいけるのよ、これでも」

今度はお市が、お蘭とお陽を羨ましげに見る。

「お二人のお話を聞いていたら、なんだか私も習いたくなってきちゃったわ。お蘭さんには到底《とうてい》及ばないでしょうが、私これでも踊りをやっていたのよ、娘時代」

「あらあ、女将さん。じゃあ、わちきと一緒に習いにいかない？」

姦《かしま》しい女たちに、木暮と桂は顔を見合わせる。

「女ってのはホントによ、常磐津だとか踊りだとか」

「着物だとか帯だとか、好きですよね」

男二人で溜息をついて酒を啜ると、お陽が「そうそう」と思い出したように話し始めた。

「確かに女は習い事って好きですよね、いくつになっても……。そして、それにつけこむ者もいるんですよね」

「つけこむって、どういうことだい？」

「御公儀お抱えの猿楽師（能役者）の桐生弘彌《きりゅうひろや》ってご存じですか？　非番（舞台に上がらない時）には深川で謡《うたい》を教えたりしているのですが、それは女誑《おんなたら》しで、この前自害したっていう呉服問屋のお内儀さんとも通じ合っていたんですって。貢《みつ》がせていたとかなんとか。酷い話ですよね」

「桐生弘彌ね。猿楽師か……」と木暮は顎をさすり、訊ねた。「それは深川で聞いた話かい？」

「はい。あの辺りではちょっとした噂《うわさ》になっています。それなのに、弘彌のところに習いにくる女たちは後を絶たないというのだから、呆れたものだわ」

お陽は酒をきゅっと呑む。木暮は桂に耳打ちした。

「あの内儀のことを探ったが、その弘彌って男の名前は聞かなかったな」

「手落ちでしたね。よほど巧《たく》みに会っていたのでしょう」

ちなみにこの時代の猿楽師は公儀や各藩のお抱えであり、厚待遇であった。それは先にも述べたように室町の頃から有力な大名たちが猿楽を好んだからで、武家の式楽となったところが、歌舞伎とは異なる。その結果、庶民《しょみん》が猿楽を観る機会が少なくなってしまったが、謡は庶民の習い事として人気があった。もちろん庶民も猿楽に興味があり、寺社で勧進《かんじん》公演が行われると多くの観客で賑わった。猿楽が能楽と言われるようになったのは、明治以降のことである。

するとと、追加の酒を持ってきたお花が、口を挟んだ。

「そういや、お千枝さんとお千代さんの義理の叔父さんって、面打師じゃなかったっけ？」

「ねえ、そのお千枝さんとかお千代さんって、この前この辺りで襲われた双子のこと？」

「連れ去られたお姉さんのほう、まだ見つかってないんでしょう？」

声を上げるお蘭とお陽に、木暮は眉を顰《ひそ》めた。

「地獄耳だな、女ってのはよ」

「あらあ、地獄耳だっていいじゃないの！　わちきたちだって力添えすること、あるでしょ。お陽ちゃんが話したことだって、何か探索の手懸《てが》かりになるかもしれないでしょ」

お蘭に睨まれ、木暮はぐうの音《ね》も出ない。確かに、今までお蘭やお陽にも力添えしてもらったことがあるからだ。

「まあな。お前らが色んな話を集めてきて、それを教えてくれるのはありがてえことだがよ」

「じゃあ、双子の事件の話も聞かせてよ。話せる範囲でいいから！　わちきたち、また力添え出来るかもしれないでしょ」

お蘭に甘い声でねだられ、木暮は「しょうがねえなあ」と首筋を掻《か》きつつ、およそを話した。お蘭とお陽は真剣な面持ちで聞き、肩を竦めた。

「そのお義兄《にい》さんの話、なんだかぞくっとするわあ」

「奇妙な話ですね。面の呪いって、いったいどういうことかしら。般若《はんにゃ》の面でも作っていたのかしらね」

「いいえ、獅子口《ししぐち》という面だったそうですよ」

桂が答える。木暮は腕を組んだ。

「自害した呉服問屋のお内儀は座頭金から金を借りていた。そのお内儀は、お陽さんの話によると、猿楽師の桐生弘彌とただならぬ仲だった。……徳の市は座頭金を営《いとな》んでいて、その弟は面打師だ。面打師ならば、猿楽師と親しくてもおかしくはない。すると、お内儀を挟んで、その三人が繋《つな》がるか」

「だが、お内儀の借入先が徳の市の店だったと、まだ証拠が摑めていません。徳の市の店だったとはっきり分かれば、その三人が繫がって参りますが」

「徳の市と弟が何か悪事を働いているとして、お千枝さんの連れ去りと、関係があるのかしら。また、座敷牢にいた徳之助さんがすり替わってしまったというのが本当だとして、それにも何か関係があるのかしらね」

お市が心配そうに訊ねるも、その答えはまだ誰にも分からない。木暮は眉根を寄せた。

「お千枝はどうやら無事のようだが、徳之助はどうなんだろうな。もしや、もうこの世には……いないかもしれねえ」

しん、となる。桂は首を傾げた。

「でも、徳之助がすり替わったというのも確証がありませんよね。ただ、お千枝とお千代が言い張っているだけで」

木暮は少し考え、お花に目をやった。

「そうだ、お前、幽斎さんのところに行って、占ってもらえねえか？　本物の徳之助が今どこにいるか、生きてるか否か。そういうのも分かるもんだったらな」

唐突《とうとつ》に幽斎の名を出され、お花の頬に血が上る。

「べっ、別にいいけどよ。でも、徳之助って名前だけじゃ、さすがの幽斎さんも分からないと思うよ。あ、でも……前に、名前だけで、会ったこともない人を視《み》てもらったことあったっけ。よく当たったんだ、あの時」

「そうだろ？　あの人ならきっと視てくれるぜ。勘が鋭そうな男だからよ」

にやりと笑う木暮に、お花は目を瞬かせた。

「え、旦那、幽斎さんのこと……」

「この前、木暮さんと一緒に行ってきたんですよ、幽斎さんのところに。件のお内儀に関する、聞き込みだったのですが」

木暮の代わりに桂が答えると、お花の顔がみるみる赤くなった。

「ええっ、えっ、えっ、そうだったの？　嫌だなあ、早く言ってよ」

狼狽《うろた》えるお花を眺め、お蘭とお陽はくすくす笑った。

「やだあ、お花ちゃん、可愛いわあ！　そんなに照れちゃって」

「あちきたちにも、お花ちゃんみたいに純な頃があったのよね」

お市は木暮に酌《しゃく》をしつつ、身を乗り出す。

「あら、私も初めて聞いたわ、その話。ねえ、どんな人なの、幽斎さんって」

娘が憧れている男に興味を持つのは、親として当然だろう。木暮は酒で濡《ぬ》れた唇に、笑みを浮かべた。

「うむ。なんだな、思ったよりは、いいんじゃねえかな」

「あら」とお市は目を丸くし、娘を見やる。

「お花ちゃん、ますます真っ赤ね」

「よほど素敵なのね、幽斎さんて」

お陽が言うと、お花は唇を尖らせる。お蘭は噴き出した。

「あはは、大丈夫よ、お花ちゃん！　誰もお花ちゃんの憧れの君にまで、ちょっかい出したりしないわあ」

「やだ、そんなこと心配しているの。可愛いわ、本当に」

お花は無言で二人の年増《としま》を睨み、目を吊り上げる。木暮が口を挟んだ。

「まあまあ二人とも、一途《いちず》な娘をからかっちゃいけねえぜ。安心しろ、お花。あの幽斎さんってのは、言い寄ってくる女にすぐに手を出すような男ではねえよ、決して」

「そ、そうかな、やっぱり」

「そうだ。もっと自分の目に自信を持て。……それによ、幽斎さん褒めてたぜ、お前のこと」

「ああ、そうでしたね」

桂も頷く。お花は目を見開いた。

「ほ、褒めてたって……ど、どんなこと？」

「さてな」

木暮は顎をさすってにやける。お花は真剣な顔で、木暮と桂をじっと見る。桂が答えた。

「そのうち、御本人から聞くことになるのでは？　聞いたらきっと感激すると思いますよ」

「そうだな。俺たちから聞くより、幽斎さんから聞いたほうがいいぜ。お花、泣くんじゃねえぞ、そん時」

お花だけでなく、お市も驚いたような顔をした。

「そんなに褒めてくれたの、幽斎さんって、この子のことを」

「うむ。お花、お前も成長したな。悪い男に引っ掛かって、痛い目にも遭《あ》ったようだけどよ、見る目が出来てきたんだな。俺も嬉しいぜ」

お蘭とお陽も優しい目でお花を見る。

「そうよお。泳げるようになるには、溺《おぼ》れることも必要、って言うでしょ。失敗して成長すればいいのよお」

「お花ちゃんがいないところでそんなに褒めてくれるなんて、いい人よ、絶対」

お花は顔を火照《ほて》らせつつ、頷いた。

「旦那、いいよ。近いうち、幽斎さんに占ってもらうよ」

「よろしくな。……あ、でも占ってもらうには金子がいるんだよな。人気あるみてえだもんな、並んでて待たされたぜ」

「その費用は、こちらで何とかしますので」

お花は首を横に振った。

「大丈夫。お代はなしで、占ってくれると思う。……ほら、あたい、この頃、幽斎さんから料理に関する本を借りてるだろ？ 本を返しにいって、また借りるんだけれど、いつも占い処の休み刻に行ってるんだ。そうすれば待たずに中に入れるから。幽斎さんもそれを許してくれていて、近頃はその時に占いを視てもらえるんだ。お代はいいですよって言ってくれて……悪いなあって思いつつ、お言葉に甘えちまってるって訳で」

　お花の話に、皆「ほう」と感心する。

「凄いじゃないの、お花。幽斎さんに気に入られているのね」

「特別扱いじゃねえか！　これはひょっとすると」

「ひょっとしますね」

「きゃあ、人気占い師と一緒になるってことお？」

「お花ちゃんって一人娘だから、入《い》り婿《むこ》になるのかしら？」

　皆に囃《はや》し立《た》てられ、お花は「やめろよ」と狼狽える。

「そんなんじゃねえよ！　幽斎さんは、あたいに金子を使わせるのが忍びないんだよ。あたい、どう見たって、分限者の娘って柄じゃないだろ？　幽斎さんの占いは金子がかかるから、あたいに気を遣ってくれてるんだ」

「それが特別扱いされてるってことよお」

　お蘭が言うと、皆、頷く。だが当のお花は冷静だった。

「っていうか、幽斎さんは商売っ気がないんだ、恐らく。好きで占いや加持祈禱をしているだけで、金子に執着《しゅうちゃく》もないみたいなんだよね。とはいっても、占い代や祈禱代を安く設定しちまうと人が押し掛けてこなしきれないから、高く設定してるんだと思う。……最近あたいから金子を取ろうとしないのは、きっとあたいが持ち掛ける相談や何やらを視るのが、面白いんじゃないかな。趣味の範疇《はんちゆう》になってるから、特別に視てくれるんだと思う」

「つまりはお前らは気が合ってるってことじゃねえか」

木暮がにやけると、皆、またも大きく頷く。

お花は手を振った。

「もうやめよう、この話は！　兎に角、訊いてくるよ。……お千枝さんの居場所も分かるかどうか、視てもらおうか？」

「うむ」と木暮は腕を組んだ。

「いや、いくら当たるからといって、何でもかんでも視てもらうってのは、こちらの沽券《こけん》に拘《かか》わるからな。それはこっちで何とか頑張るぜ。料理屋の場所を突き止めるのもな。だが、徳之助についてだけは、奇妙過ぎてよく分からんのだ。座敷牢の中の男が、果たして本人か否か、確かめる術《すべ》がない。男は何も喋《しやべ》らんし、髪と髭《ひげ》で顔すらよく判別出来ん。あの双子の姉妹だけが、絶対に義兄ではない、偽物だと言い張った。……これじゃあ俺たちにだって分かる訳がない」

「占いの力でも借りなければ、解けないような気がするのです。それゆえお花さん、よろしくお願いします」

「任せといて」

　木暮と桂に頭を下げられ、お花は微笑んだ。木暮は付け加えた。

「だがよ、聞きに行くのは、俺が阿部川町をあたってからでいいぜ。もし料理屋を見つけることが出来てどんな料理かが分かったら、それを持ち帰るか、もしくは同じものを目九蔵さんに作ってもらって、牢の中の男に食べてもらうからな。それで反応を見て、強い反応を起こしたら、本人だ。問題はない。ところがもし、何の反応もなかったら別人の疑いが残る。その時は本物の徳之助の居場所を幽斎さんに視てもらってくれ」

「了解！　旦那の答え待ちってことだね」とお花は頷いた。

　すると、帰るのだろう、玄之助と八重が座敷を横切る姿が目に入った。お蘭はさりげなく二人を見やり、白《しら》けた顔をする。そんなお蘭に、お市は微笑んだ。

「玄之助さんは、お蘭さんには青過ぎるわよ。お蘭さんには、やはり笹野屋様のような大人の御仁《ごじん》じゃなければ釣り合わないわ」

「女将さんの言うとおりよ。旦那様を大切にしなくちゃね」

　お陽も意見する。お蘭は頰を膨らませた。

「分かってるわよお。なんだかんだ、わちきは旦那様が大好きだし、大切にしてるわ。……でもあの二人見てると、意地悪したくなっちゃうのよお。ああ、わちきって、我ながらつくづく嫌な女だわあ！」

酒を一息に吞み、お蘭は「ひくっ」としゃっくりをした。深川遊女あがりのお蘭が、清楚《せいそ》を絵に描いたような八重に苛立《いらだ》つのは、皆なんとなく分かる気がする。でも、誰もそのことを指摘はしない。お花だって、以前ほどではないが、色気が溢れるお蘭に苛立つことがあるのだ。誰だって、自分にないものを持っている者を、疎《うと》ましく思うことはあるだろう。その気持ちを妬《ねた》みなどと尤《もっと》もらしく言う者もいるが、大方はただ鬱陶《うっとう》しいだけなのだ。

「まあ、お蘭さんよ。あれもこれもって男を誑《たぶら》かすのは贅沢ってもんだぜ。いくらお前さんが深川時代からモテまくっていたっていってもよ」

木暮はお蘭に酌をする。

「あら、ありがと」

お蘭は目のキワを染め、足をしどけなく崩す。玄之助と八重を送り出したお紋が、料理を持ってきた。

「だいぶ酔ってきたんじゃない？　これでも摘《つ》まみながら吞んでよ。〝牛蒡の衣揚げ〟だ。お菓子感覚で、ぽりぽり食べられるよ」

大皿に盛られた〝牛蒡の衣揚げ〟は、芳ばしい匂いを放って、艶々《つやつや》としている。細切りした牛蒡を味付けして、片栗粉を塗してからっと揚げたものだ。

「ほう……どんなもんだい」

木暮は指で摘まんで、口に放り込む。皆も頰張り、嚙み締め、目を見開いた。

「いやあ、絶品！」とお蘭。

「嚙み締めるごとに牛蒡の仄《ほの》かな甘みが口に広がって、醬油の利いた味付けと合わさって、とっても美味しい」とお陽。

「味付けに大蒜《にんにく》も使っているのでしょうか。これはいいですねえ」と桂。

「病みつきになりそうだわ。目九蔵さん本当にやるなあ」と木暮。

四人の食べる手は止まらず、大皿に盛られた牛蒡はみるみるなくなっていく。

お花は思わず喉《のど》を鳴らした。

「そんなに美味しいの？」

「おう、お前も食べてみろ」

木暮に言われ、お花は一つ摘まんで頰張り、声を上げた。

「ああ、これはいいや！　あたい、これで御飯食べても、いくらでもいけそう」

「おう、飯にも合いそうだな。女将もどうだい?」

皆を羨ましげに見ていたお市に、木暮は牛蒡を摘まんで差し出す。にやりと笑う木暮に、お市は咳払いを一つして、「では」と受け取った。それを頬張り、お市も目尻を下げる。木暮はお紋にも一つ渡し、言った。

「お代わり頼む。店、空いてきたみたいだから、言った。大女将も盃《さかずき》持ってこいや。皆で一緒に食って呑もうぜ!」

「そうこなくちゃね」

お紋はこんがり揚がった牛蒡を齧《かじ》りながら、板場へと向かった。

皆で和むうち、お蘭が件の手ぬぐいをじっと見て、こんなことを言った。

「お千枝さんって双子なんでしょう? なんだか面白いわよね。ほら、この〝ハチみつ〟の〝ハ〟の字って、二人が寄り添っているように見えない?」

するとお紋も付け足した。

「そういや〝チ〟ってのは、お千枝さんとお千代さんの〝千〟の字に似てるよね」

お花も言った。

「気になってたんだけど……。店が阿部川町にあるって伝えたいとして、どうして〝餅に蜂蜜〟なんだろう。〝餅に砂糖〟とか〝餅に黄粉〟でもよかったんじゃないかな。でもそれだと、万が一、遣いの者に見られた時に勘づかれてしまいそうだから、敢《あ》えて〝餅に蜂蜜〟にしたのかな」

酔いながらも、あれこれと推測する。だいぶ酔いが廻《まわ》った木暮は、横にいるお市にさりげなく凭《もた》れつつ、礼を述べた。

「皆、よい意見を本当にありがとう。いや、お前さんたちにはまことに頭が上がらんわ。毎回役に立ってくれるぜ」

　お紋はにやりとして木暮を睨む。

「旦那、巧《うま》いこと言って、なにお市にくっついてんだよ！　いつまで経っても助《すけ》平《べ》なんだから、この男は」

「大女将、男が助平じゃなくなったら、おしまいだよ。いいじゃねえか、元気ってことでよ」

「何言ってんだよ、元気なのは下半身ばかり。おつむはいつだって具合悪そうじゃないか！」とお紋はけらけら笑う。

「うるせえよ！　相変わらず口の減らない婆あだな。男ってのはな、おつむでも顔でもなくてよ、心なんだよ！」

「何言ってんだい。その心だって助平心で満ち溢れてるんだろうよ。……ほら旦那、お市からもっと離れて。べったりするんじゃないよ」

二人の遣り取りを聞いていたお陽が、おずおずと口を出した。

「あの……前から思っていたのですが、木暮さんは一応武士でいらっしゃるので、大女将はそこまで言っていいのでしょうか」

するとお紋は一笑した。

「ははは、大丈夫さ！　だって旦那は、私に頭が上がる訳ないんだよ。一生ね」

「ほう、それはどういった料簡《りようけん》で？」

桂が訊ねる。お紋は木暮を流し目で見て、妖《あや》しく笑んだ。

「……この旦那の〝筆おろし〟をしてやったのは、このお紋さんだからさ！」

皆の目が、飛び出すほどに大きく見開かれる。絶句の後、誰もが口を半開きにして、金魚のようにぱくぱくと動かした。桂は驚きのあまり付け鬢《びん》がずり落ちそうになって慌《あわ》てて直したが、ほかの皆も揃って驚愕《きようがく》していたので、誰もそのことまでは気づかなかった。

「知らなかったわ。お母さん、それ本当？」

お市は瞬《まばた》きも忘れて、驚いている。

「あたいも、まったく知らなかった」

「吃驚《びっくり》したわあ、大女将が木暮の旦那の初めての女だったなんて！」

お蘭も金切り声を上げた。

「それじゃあ、頭が上がりませんね」とお陽は素直に納得する。

「ってことは木暮さんは今度はその娘を狙っているということですね。いや、お元気です。驚きました」と桂。

「吃驚したぜ、俺も。そうだったのか、知らなかったぜ」

木暮がそう呟くと、皆の目が集まった。

「なに他人事のように言ってるのよお！」

「そうよ、自分の初体験のこと忘れないでよ、旦那」とお市は木暮の肩をぴしゃりと叩く。木暮と目が合い、お市は首を傾げた。そして、ようやく納得する。

「ああ、そうか……冗談だったのね、お母さんの」

すると皆、気が抜けたように肩を落とした。

「そうよねえ、どう考えたっておかしいもんねえ」

「くそっ、婆ちゃんに一本取られちまった」

「あちきもです」

「まあ、そんなところでしょうねえ。一瞬本気にして焦《あせ》りましたが」

お市は母親を軽く睨んだ。

「考えてみれば旦那が十代の頃って、まだお父さんが生きていて、お母さんはお父さんにべた惚《ぼ》れだったものね。青くさい相手に、そんなことある訳がないわ」

「ホントに人騒がせね」

皆の文句が耳に入っても、お紋は澄《す》ました顔だ。

「ま、真相は藪《やぶ》の中、ってことだね。私が旦那の筆おろしをしたか否か、ってのは」

「おいおい、冗談きついぜ、大女将。……しかし本当にとんでもない婆あだな。何言われるか分からねえから、冷や汗もんだ」

木暮の額には薄っすらと汗が滲《にじ》んでいる。冷静な顔をしているが、お紋が突然言い出したことに、やはり激しく動揺しているようだった。お紋は衿元を直しながら、ほくそ笑んだ。

「まあ、冗談ってことにしておいてあげるよ。ふふん、いずれにしろ私ゃあ、旦那が洟垂《はなた》れの頃から知ってるんだ。よくおねしょして怒られてたこともね」

「おいおい、やけに今日は危ねえ話をするじゃねえか。……なんだか悪酔いしそうだ、桂、もう帰《けえ》るぜ」

「お開きにしましょうか。明日も早いですし」

逃げ腰の木暮を、桂は笑いを堪《こら》えて見やる。木暮は気づいていなかった。区切られた屏風《びょうぶ》の裏で、耳を欹《そばだ》てている者がいるということに。


木暮は桂に徳の市と惣次郎の兄弟を調べさせ、忠吾と坪八に引き続き千枝を探させ、自分は阿部川町をあたってみることにした。

料理屋にもし入ることになったら怪しまれぬよう同心姿ではないほうがいいだろうと、町人に変装をする。縞の着流しに海老茶色《えびちゃいろ》の羽織《はおり》を纏い、どこぞの店の主《あるじ》のような出《い》で立《た》ちで、木暮は浅草は阿部川町へと向かった。

風が強いので、大川を猪牙船でいく時、かなり揺れた。今にも一雨きそうな曇《くも》り空が広がっている。

――紅葉はまだ盛《さか》りだが、やはりもう冬だなあ。少しずつ景色が寂《さび》しげになってきてるぜ。まあ、それもまた風情《ふぜい》があっていいけどよ――

そんなことを思いながら、木暮は冬が深まってゆく景色を眺めていた。

紺屋橋の近くで降ろしてもらえば、もうそこは阿部川町だ。木暮は気合を入れ、まずは目についた商家の手代風の男をつかまえて訊ねた。

「〝中に色々な細かい具が詰まっていて、縦横五寸ぐらいの大きさで、梅の花のような形の料理〟を出す店、知りませんか」

いつもの砕《くだ》けた口調ではなく、少し慇懃《いんぎん》な言い回しに変えてみる。手代風の男が首を傾《かし》げると、木暮はすかさず付け加えた。

「ともすると看板を掲《かか》げていないかもしれません。どこか路地裏でひっそりと営《いとな》んでいる、隠《かく》れ家《が》のようなお店とも考えられます。いや、そこの料理が非常に美味だと人づてに聞きましてね。どうしても一度、行ってみたいのです。そのような店に、何か心当たりはございませんか」

だが、商家の手代は首を横に振るばかりだった。

それから町内を歩き回って五十人以上に訊ねたが、収穫はまったくなし。さすがに腹が減り、どこかに飯屋でもねえかな――と辺りを見回すと、木戸番小屋が目に入った。焼き芋の甘い香りが微かに漂ってくる。木戸番小屋では、秋冬によく焼き芋を売っているのだ。

木暮は舌なめずりしながら木戸番小屋へ近づき、ほかほかの焼き芋を買って、かぶりついた。

「はっ、はふ。……いや、旨いっ」と思わず声が漏《も》れる。ほっこりと自然な甘みの焼き芋を頬張れば、疲れなど吹き飛んでしまう。床几《しょうぎ》に腰掛けて焼き芋に舌鼓を打つ木暮に、木戸番小屋の番太郎はお茶を出してくれた。

「これはありがとうございます」

木暮は熱いお茶を啜って、息をつく。小腹が満たされると、木暮は人の好《よ》さそうな番太郎に、梅の形の料理について訊ねてみた。すると番太郎は首を捻りつつ、答えた。

「梅の形の料理……というのは知らないが、一風変わった料理を出す、通人《つうじん》好みの料理屋があるって話は聞いたことがあるよ」

「それはどこにあるのでしょう」と木暮は身を乗り出す。

「行ったことがないからはっきりは分からんが、この先を真っすぐいくと本正《ほんしょう》寺《じ》という寺の前に出る。その近くにあると聞くよ。表店《おもてだな》だが看板も暖簾《のれん》も出さずに、仕舞屋《しもたや》のように見えるので、前を通っても気づかないそうだ。でも儲かってるみたいだよ、その料理屋」

番太郎は下卑た笑みを覗かせた。

「なるほど。そういう店ってのは高いんでしょうな。どなたかの紹介がないと入れない、ってところでしょうか」

「そんな話も聞くねえ。店の噂は耳にしても、俺の周りで中に入った者はいないから、敷居《しきい》はまあ高いんだろうよ」

木暮は頷きながら焼き芋を頬張る。黄金色の焼き芋がねっとりと口の中で蕩けると、木暮はいっそうやる気が掻き立てられた。

焼き芋を平らげ、お茶を飲み干すと、木暮は番太郎に礼を述べ、教えてもらった料理屋へと向かった。

件の料理屋と思われる店は、通りを隔《へだ》てて本正寺の向かいにあった。番太郎が言っていたように看板も暖簾も出しておらず、ひっそりしている。間口も狭いので、これなら仕舞屋と思ってうっかり見過ごしてしまいそうだ。

木暮は入り口に近づき、しげしげと眺めた。

——地味な造りだが、上等な檜《ひのき》を使ってるじゃねえか。なるほど敷居は高いかもしれねえ——

木暮の見立ては的中した。何度か大声で呼んだ末に番頭が出てきたが、なかなか中に入れてもらえなかったのだ。

「うちは一見《いちげん》さんはお断りしておりますので。どなたかの御紹介がありませんと」と渋る番頭に、木暮は「そこをなんとか」としつこく食い下がる。

「極上の料理を出されると、かねてから貴店の噂を耳にしてましてね。いや、もうどうしても貴店の料理を食べたくて食べたくて、四ツ谷《よや》からはるばるやってきたという訳です。夢にまで見たのですから、どうかお願いいたします」

木暮はすっかり芝居っ気を出し、涙ながらに頭を下げた。番頭は顔を顰めていたが、ついに根負《こんま》けした。

「よろしいですが……御予約をいただいておりませんので、お酒はなしで、一品しかお出しすることは出来ません。それでよろしいなら、どうぞ。お代は一分（約二万五千円）いただきます」

木暮は目を見開いた。

「い、一分ですか？　一品で？」

「はい。それが御理解いただけないようでしたらどうぞお帰りください」

番頭はあくまで冷たく強気だ。

――ここで帰っちゃ男が廃《すた》るぜ――

二八蕎麦《にはちそば》がいったい何杯食えるのだろうと思いつつ、木暮は涙を呑んで決意する。このような探索は自腹を切らねばならないのだ。

木暮は、二階の十畳ほどの座敷に通された。思ったとおり、絢爛《けんらん》という造りでは決してないが、調度品などを高価なもので揃えていることは一目で分かる。部屋を見回しながら、木暮の心は穏《おだ》やかではなかった。

——もし例の料理がここになかったらどうするか。当てが外れたってことで、悔しいが一分をどぶに捨てることになるな——

木暮は努めて冷静に、仲居に訊ねた。

「料理の名前は知りませんが、こちらに梅の花の形をした料理ってありますか？中に細かく刻んだ具が入っていて、大きさが縦横三寸ぐらいの。それがとても美味だと聞いたのですが」

すると仲居は「ああ」と頷いた。

「〝梅花《ばいか》餃子《ちやおつ》〟のことですね。ございます。うちの自慢の一品ですよ。そちらでよろしいですか」

あっさり返され木暮はほっと胸を撫で下ろすも、訊き返した。

「ちゃ……餃子、というのですか？」

「はい。唐から伝わった唐料理です。卓袱《しつぽく》料理ともいいますね。卓袱料理を召し上がる方は餃子をご存じでしょうが、そうでない方は聞き慣れない食べ物かもしれません、江戸ではまだ」

安永《あんえい》七年（一七七八）に刊行された『卓子調烹方《たくしとこのえかた》』という本には、餃子《ぎょうざ》の作り方が記されている。

『小麦粉で作った皮で、具を包み、胡麻油で焼く。具に使うものは、色々見合わせて作る』と簡潔にだが明記されているのだ。

つまり餃子は既《すで》に日本に伝わっていたということで、初めて日本で餃子を食べたのは水戸黄門《みとこうもん》として知られる徳川光圀《みつくに》と言われている。だが呼び方はまだ「ぎょうざ」ではなく原語に近い「ちゃおつ」だったという。

　仲居は説明した。

「一般的な餃子といいますのは、径が三寸（約九センチ）ほどの丸い皮で具を包んで作ります。でも私どもの店では、餃子を皮で包まないで作るという、独自の遣《や》り方《かた》なんです」

「包まない餃子、ということですか」

「はい。丸い皮を六枚使いまして、一枚を中心に置き、残りの五枚をその周りに花びらのように重ね合わせます。そうすると梅の花の形のようになりますでしょ？　梅は花びらが丸く、五枚ですので。その皮の上に、具を載せ、再び皮を六枚使って、下の皮に重なるように被《かぶ》せていきます。すると具は上下の皮で覆われます。焼いた時に具が漏《も》れないように、皮はしっかり重ね合わせますので、大きさはちょうど径五寸ほどの梅の花の形となります。それを上下しっかりと、こんがりと焦げ目がつくぐらいに蒸し焼きすれば、当店独自の〝梅花餃子〟の出来上がりでございます」

木暮は目を丸くして聞き、ごくりと喉を鳴らした。

「ほう、それはなんとも旨そうな……。是非《ぜひ》、それを頼みます」

「かしこまりました。一品お召し上がりになりますなら、私どももこちらをお薦《すす》めいたします。〝梅花餃子〟を目当てにお越しになるお客様は多く、うちの看板でもございますので」

仲居が下がると、木暮は姿勢を崩して息をついた。

――なるほど餃子っていう唐から来た、まだ新しい料理だったんだな。この店のやり方で少し変えてるみたいだし、それじゃ分かる訳ねえわ。……しかし――

木暮は首を捻った。

――こんな店で、その餃子とやらを食べていた徳之助ってのは、ずいぶん贅沢なことをしてたんだな。確か見習いの面打師だったとかいう話だが。……親爺《おやじ》さんや、面打ちの師匠の叔父《おじ》さんに連れてきてもらってたんだろうか。いずれにしろ羽振りがいいってことだ、あの者たちは――

出されたお茶を啜ると仄かな甘みがあって馥郁《ふくいく》としていて――これは宇治茶《うじちゃ》だな――と木暮は目を細めた。

少しして仲居が料理を持って戻ってきて、木暮に出した。皿の上に載った料理は、まさに大きな梅の花の形をしている。こんがりと焼きあげられた〝包まない餃子〟は、艶々としたキツネ色で、なんとも食欲をそそる匂いを漂わせていた。

「これは見るからに……」と木暮は箸を持ち、気づいた。箸の先を包んでいた美しい懐紙《かいし》に、〈唐仙《とうせん》〉と書かれていたのだ。

――この店は〈唐仙〉というのか――

木暮が懐紙を取ると、仲居が言った。

「私どもは、この店にお入りになって、召し上がってくださった方にしか、店の名前をお伝えしないのです」

静かな口調の中にも、怖いほどの矜持《きょうじ》が窺《うかが》える。木暮は恐れ入ったように一礼し、餃子へと箸を伸ばした。

箸で皮を切り、口へ運ぶ。頬張り、嚙み締めると、細かく刻んだ様々な具の味わいが蕩け合い、木暮は瞠目《どうもく》した。

――初めて食べる味だが、これは旨い。野菜だけじゃなくて、獣肉も混ざってるな。鴨《かも》か、これは。細かく擂《す》り潰《つぶ》した鴨肉、葱、韮《にら》、椎茸も入ってるな。それに生姜、なんといっても大蒜が利いている！　葱や韮、大蒜といった臭みがあるものが、いい具合に刺激になってんだよなあ。しかしこれらの具材が混ざり合うと、まったく絶妙だ。下味がしっかりついてるから、醬油などをかける必要もない。また、皮がなんとももっちりと旨い。この皮と一緒にこれらの具を食べるからこそ、ガツンとくるんだな、胃《い》ノ腑《ふ》によ――

木暮は唇を脂で濡らし、ひたすら黙々と食べ、恍惚《こうこつ》とする。綺麗に平らげ、木暮は「御馳走《ごちそう》様です」と一礼してから、お茶を啜った。

「いや、素晴らしい料理を堪能《たんのう》させていただきました」

「お気に召していただけましたようで、よろしかったです」と仲居も丁寧に頭を下げる。木暮はその隙に、店の名が書かれていた懐紙を、そっと袂《たもと》に仕舞《しま》った。

店を出ると、懐手《ふところで》をしつつ、八丁堀へと戻っていった。

――料理は確かに旨いが、値段といい、雰囲気といい、なにやら胡散臭《うさんくさ》い。坪八に見張らせてみるか――

　途中で着替えて同心の姿に戻り、南町奉行所に顔を出すと、なにやら同輩たちが木暮を見てくっくと含み笑いをする。木暮は桂を捉《つか》まえ、顎をさすりながら訊ねた。

「なんだっていうんだ？　俺の顔に何かついてるか？　……それとも臭《にお》うか？」

　先ほど食べた餃子に大蒜がたっぷり入っていたのを思い出し、慌てる。桂は苦笑いだ。

「おや木暮さん、大蒜食べたようですね。……でも、皆が薄ら笑いしているのは、そんなことではありませんよ。いずれ分かると思いますが」

「なんだよ、もったいぶらないで教えろよ」

　などと二人が遣り取りしていると、筆頭同心の田之倉《たのくら》が近寄ってきて、木暮の背中を叩いた。

「おい、聞いたぞ！　木暮、お前の筆おろしした女ってのは、〈はないちもんめ〉の大女将だってな！」

　木暮は目玉が飛び出そうなほどに、目を見開く。

「どっ、どっ、どうしてそれを……」

「その話で奉行所は持ち切りだよ！　北町のほうにまで噂は流れているようだ。木暮、いつもは冴《さ》えぬお前が一躍《いちやく》、時の人だ。よかったな」

木暮の上役《うわやく》である田之倉は木暮の肩を何度も叩き、「わはは」と笑う。木暮の上役である田之倉は四十九歳、金壺眼《かなつぼまなこ》で、ぶよぶよと生《なま》っ白《ちろ》く、髭の剃《そ》り跡《あと》がやけに青々としている。忠吾などは酔うとよく「無能な田之倉なんかに、木暮様がいびられるなんて許せないわっ」と憤《いきどお》るのだが、木暮もそのとおりだと思っていた。

「嫌ですなあ。そんな根も葉もない噂を信じるなんて、皆、どうかしています」

木暮は額に浮かぶ汗を手で拭いながら、取り繕《とつくろ》う。木暮のその態度を見て、田之倉はますますにやけた。

「昨夜、あの店で、その話で騒いでいたそうじゃないか。奉行所の中に、騒ぎをはっきりと聞いた者がおるのだ」

木暮は「あたた」と頭を抱える。

――そういやあそこは、奉行所の皆の溜まり場だったんだよな。屏風の裏でどいつかが聞いてたんだ。まったく壁に耳ありだわ――

桂は溜息をつき、木暮を励ますように言った。

「人の噂もなんとやらです。ほとぼりが冷めるまで、放っておきましょう」

だが木暮はむきになった。

「田之倉様、はっきり申し上げておきますが、それはあそこの大女将一流の冗談だったんです！　それが変なふうに広まり、奉行所の皆までお騒がせしてしまい、私、なんとも遺憾《いかん》に思う次第であります。あの女に厳重に注意しておきますので、何卒《なにとぞ》御勘弁くださいますよう」

木暮が一礼しようが、田之倉は薄ら笑いだ。田之倉は木暮の肩を再び何度も叩く。

「まあ、そんなにむきになって否定するな。むきになればなるほど怪しく思われるからな！　下手人《げしゅにん》と一緒よ」

と言い残すと、高笑いしながら去っていった。

その後ろ姿を、木暮は茫然《ぼうぜん》と見送る。沸々《ふつふつ》と怒りが湧《わ》いてきて、木暮は拳《こぶし》を握《にぎ》った。

「あの婆あ、今度という今度は許さん！」

桂は木暮に微笑んだ。

「まあまあ、それほど怒ることでもないのでは？　木暮さんにはそんなこと笑い飛ばすような太っ腹でいてほしいですね。大女将も悪気があって言った訳ではありませんよ。それに奉行所の皆だって、冗談だと分かりつつ、噂を楽しんでいるようです」

「……まあな。こんなことでいちいち目くじら立てるってのは、阿呆らしいっちゃあ阿呆らしいよな」

溜息をつく木暮を、桂は愉《たの》しそうに見る。

「木暮さんは女将の手前、腹立たしいのではありませんか。冗談にしてもあのようなことを言われて」

「そりゃそうさ。女将に顔向け出来ねえじゃねえかよ、繊細な俺様としては」

廊下の隅、二人は小声で語り合う。

「まあ、女将も本当のこととは思っていませんよ。あの大女将の気性を一番よく知っているのは、女将でしょうから」

「だよな。しかし……あの婆あ、やってくれるわ、相変わらず」

「愛情の裏返しなんでしょう、木暮さんへの」

「忌々《いまいま》しいな、まったくよ」

木暮は思い切り顔を顰めた。

その夜、木暮は〈はないちもんめ〉を訪れ、お紋に悪い冗談は慎《つつし》むよう忠告した。

「さすがにちょっと言い過ぎたようだね、謝るよ。お詫《わ》びに躰張ってでも力添えするからさ、何かお役に立てることがあれば言っておくれ」

お紋に素直に頭を下げられ、木暮は怒る気が失《う》せる。

——阿呆でお下劣《げれつ》でどうしようもない婆あだが……憎めねえんだよな——

木暮は息をつき、お紋に返した。

「反省したなら、いいぜ。以降、気をつけるように。頼むことがあれば、そん時はよろしくな」

お紋は板場へと向かい、料理を持って戻ってきた。

「〝柿の葉寿司〟だよ。紅葉した葉で包んだんだ。風流だろ」

皿の上、赤い葉と橙色の葉、緑色の葉で包まれた押し寿司が、交互に並び、なんとも麗しい。木暮は目を瞠《みは》った。

「これはまた……。料理ってのは見た目も大切だと思うな、つくづく。目で楽しませてくれる料理なんて、最高じゃねえか」

木暮は赤い葉で包まれた寿司を手に取り、葉を剝《む》く。酢飯《すめし》には鮭《さけ》が載っていた。

「おっ。俺好きなんだ、これ。鮭の切り身と酢飯って合うんだよなあ」

木暮は頰張り、目尻を垂らす。

「紅葉した葉で包んだのを食べるのは初めてだが、気のせいか中身もいっそう熟成しているように思えるぜ。柿の葉の香りが移ってるところも、風味豊かでいいんだよなあ」

「お気に召してくれてよかったよ、旦那。ゆっくりしてってね」

お紋は微笑み、お市にそっと目配せして、下がっていく。

お市は木暮に酌をし、頭を下げた。

「ごめんなさいね、お母さんのこと。私からもよく言っておくわ」

「いいってことよ。誰も本気にしてねえだろうしな。からかってるだけでよ」

苦笑いする木暮を、お市は流し目で見た。

「本当だったら……それはそれで面白いけれど」

「おいおい、よせよ、女将まで」慌てる木暮を見て、お市は微笑んだ。

「次はどの色のを食べる？」

お市が訊くと、木暮は「橙色がいいな」と指をさす。お市は橙色の葉で包まれた寿司を手に取り、葉を丁寧に剝いて、木暮へと渡した。

「こうして食べる柿の葉寿司は、極上だなあ！　おっ、これは鯖じゃねえか。鮭もいいが鯖もいいよなあ。これまた酢飯に合ってよ。この時季どちらも旬だから、脂が乗ってて堪らんわ」

頬張り、木暮は嬉々とする。木暮は三口で食べてしまい、「次は緑がいい」とお市に甘えた。お市は葉を剥きながら、話した。

「お母さん、近頃なんだか色気づいてるのよね」

「『銀之丞～』ってのが効いてるのかね」

「どうなのかしら。このところ毎日、昼餉の刻の前、四半刻から半刻ぐらいの間、外へと出掛けるの。何か買って帰ってくる時もあれば、そうじゃない時もある。何してたのって訊いても、散歩だよってはぐらかされちゃうの。でも、帰ってきた時やけに嬉しそうなのよね。だから、お花と話してたのよ。誰かに会ってるんじゃないかって」

「一時の逢瀬《おうせ》か。それもいいんじゃねえか。それで色気づいた勢いで、あんなことを言っちまったという訳か。まあ、めでてえことだ、お元気でよ」

木暮は、寿司を渡そうとしたお市の手に、さりげなく触れた。

「ねえ……こっそり後を尾《つ》けてみようかしら」

「うむ。放っといてやればいいんじゃねえか。大女将が楽しそうなら、それでいいってことよ」

木暮は笑みを浮かべながら、艶やかに染まった柿の葉を重ね合わせる。

「それもそうね」

行灯の薄明かりの中、二人は微笑み合った。


お紋は木暮から〈唐仙〉のことと、双子の姉妹が探していた謎の料理が〝梅花餃子〟であったことを聞き、強く興味を抱《いだ》いた。その料理をどうしても一度食べたくて、庄平と一緒に〈唐仙〉へ行くことにした。共にへそくりを摑んで。

一見《いちげん》さんということでお紋たちも渋い顔をされたが、「そこをなんとか」と頼み込み、噂を聞いて目黒《めぐろ》からやってきた老夫婦を演じ、どうにか入れてもらった。二人は二階の個室に通され、料理に舌鼓を打った。初めての味に、お紋は木暮同様、衝撃を受けた。

「これは……なんだか忘れられなくなるような味だね。徳之助って人が、この料理をもう一度食べたら自分は元に戻るかもしれない、って言ったそうだけれど、その気持ちも分かるね、こうして食べてみると。覚醒《かくせい》させるような味だわ」

「確かに、こう、刺激があって、目が覚めるような味わいだ。俺も初めてだ、こういう味は。毎日食うと飽きるだろうけど、この味を知っちまうと、たまに無性《しょう》に食べたくなるだろうな」

「ああ、確かに。たまにってのがいいかもね。力がつきそうだ！」

二人は舌鼓を打ちつつ、さりげなく隣の部屋などを気に掛けていた。

「もし〈唐仙〉に行くなら、店の様子も見てきてくれ」

と木暮に頼まれていたからだ。

お紋は庄平に顔を近づけ、声を潜《ひそ》めて言った。

「ここってさあ、料理屋だけれど、連れ込みっていうか、出合茶屋《であいぢゃや》みたいなもんでもあるよね」

庄平も大きく頷く。

「なんとも胡散臭《うさんくさ》い。その木暮の旦那ってのが話していたように」

耳を澄ますと、どこからか読経《どきょう》のような声までも聞こえてくる。線香のような匂いも、どこからか漂ってきた。

お紋は厠《かわや》に立ったついでに、そっと様子を探ってみた。廊下をうろうろしていると、お紋は、法体姿《ほったいすがた》の男が部屋を出入りするのを見た。

――どこかの寺のお坊さん？　それとも修験者《しゅげんしゃ》、或《ある》いは似非《えせ》修験者かい――

お紋は考えを巡らせる。

役者のような華奢《きやしや》な色男が廊下を横切るのも、お紋は目撃した。

二

お紋と木暮は〈唐仙〉で食べた〝梅花餃子〟について目九蔵に説明し、同じものを作ってもらった。だが、目九蔵は鴨の肉ではなく、鶏の肉を選んだようだ。

出来上がった料理はお市とお花にも大好評で、特にお花は興奮して声を上げた。

「この料理、うちでも出そうよ！　絶対目玉になるって！　……あ、でもその〈唐仙〉って店の真似になっちまうかな」

「うちで出すなら、料理本に記されているような普通の餃子にしない？」お市も乗り気だ。「径三寸ぐらいの丸い皮で、具を少しずつ、一つずつ包んでいくの。思うに、この料理は皮と具を一緒に食べるのが、いいのよ！　この包まない餃子だと、隙間《すきま》から具が少々溢れるじゃない。具だけ食べてもじゅうぶん美味《おい》しいんだけれど、やっぱり皮と一緒が最高なの。そして具を皮と一緒に食べるなら、やはり包んでしまうのがいいのよ」

お市の意見に、皆、大きく頷く。

「さすがおっ母さん！　一つずつ包む餃子なら、〈唐仙〉の真似にはならないかな。それでいこうよ」

「包まないこの餃子も確かに美味しいし、これはこれでいいのだけれど、皮と具を一緒に頬張るには、確かに包んじまうのが一番だね。私もあの店で食べた時、思ったんだ。この料理は皮と具を一緒に頬張ってこそ、味が輝くんだ」

「おう、俺も包む餃子には賛成だ。一口で食べられるような大きさでも、ウケると思うぜ」

目九蔵も口を出した。

「わても、それがいいと思います。ところで肉は鶏でいいですかな。それとも鴨肉のほうがよろしかったですか？」

「いや、鶏のほうがいいぜ。より脂が出て、味が濃厚になる」

木暮が言うと、お紋も頷いた。

「私も鶏でいいと思うよ。鴨を使うより、コクがあって」

「よし、決まりだ！〈はないちもんめ〉独自の餃子、楽しみにしてるぜ。それとお花、お前はこの〝梅花餃子〟を持って、お千代のところへ行ってくれ。そして座敷牢の中の男に食べてもらうんだ。もし男が特別な反応を見せなかったら、その時は……お花、すまんが、幽斎さんのところに行って、本物の徳之助の安否《あんぴ》と、今どこにいるかを占ってもらってくれ。店もあって忙しいのに色々頼んじまって悪いがよ」

「了解！　任せといて」

お花は胸を叩く。娘を頼もしく思いつつ、お市はぽつりと言った。

「でもお千枝さんは、どうしてそのお店のことが分かったのかしらね。お千枝さん、今どこにいるのかしら」

すると忠吾が巨体を揺らしながら店に入ってきて、木暮に注進した。

「時間が掛かってしまって、すみやせんでした。粘り強く聞き込みを続けやして、こんな話を聞きやした。お千枝さんの人相書によく似た娘が、神田同朋町《どうぼうまち》の、岡野《おかの》という表坊主《おもてぼうず》の家に居ると。そこのお嬢《じよう》さんだそうです」

表坊主とは、公儀若年寄《わかどしより》支配の役人である「同朋衆《どうぼうしゆう》」の中でも下の位の者で、三百名ほどいる。ちなみに同朋衆とは、室町以降の職名であり、殿中《でんちゆう》の雑役《ぞうやく》や芸能の任務にあたった者たちのことをいう。古くは観阿弥《かんあみ》、世阿弥《ぜあみ》も同朋衆であった。表坊主は茶坊主とも呼ばれ、城内で茶室、茶道具を管理し、登城した大名や諸役人たちへの給仕が仕事だ。

同朋町の表坊主と聞いて、木暮はふと閃《ひらめ》いた。

――そういや大女将も件の料理屋〈唐仙〉で、法体姿の男を見掛けたと言ってたよな――と。

木暮は忠吾に訊ねた。

「お千枝とその家の娘さんは似てるというだけで、別人なんだろう？」

「はい。その似てる人ってのは、元々その家のお嬢さんですから。同朋町のその家の近辺で聞き込みをしてみたんですが、ちょっと気になることを耳にしやした。そのお嬢さんは秋穂《あきほ》さんといって、縁談の話があって、そろそろお輿入《こしい》れなんだそうですが、その相手ってのが同じ同朋衆の上位である奥坊主組頭の家とかで。それで岡野家の皆さんは喜んでいたそうですが、秋穂さんは病に罹《かか》ってしまい、暫《しばら》く臥《ふ》せっていたらしいんです」

かなりの重病だったらしく、暫く秋穂は姿を見せなかったが、どうやら治ったようで、この頃また元気な姿を見せるようになったという。

忠吾の話を聞き、一同は顔を見合わせた。

「なにか臭うな」

木暮が言うと、お花が続けた。

「まさか……病だった秋穂さんと、お千枝さんがすり替わっているなんてことないよね？　座敷牢の中の人がすり替わっていたように。岡野家の人たち、自分の娘とよく似た娘を探していたのかもね」

お千枝はどうやら無事に過ごしているようだというのは、皆、察していた。手ぬぐいに細工《さいく》をして、料理屋の在り処を知らせる余裕があるほどに。表坊主の家に居るとすれば、それも納得がいく。

すると目九蔵が「お話し中すみません」と料理を運んできた。

「忠吾さん、お疲れさまです。〝鮭とシメジの炊き込み御飯〟と〝松茸の吸い物〟、ごゆっくり味わってください」

「ありがとうございやす！　うわあ、これは堪りませんわ」

忠吾は唾《つば》を呑み、早速食らいつく。炊き込み御飯を口いっぱいに頰張り、嚙み締め、呑み込み、唸った。

「いやあ、抜群ですわ。鮭とシメジの取り合わせ、醬油と酒と味醂の味付けに、とてつもなく合いやすわ！　この時季の鮭、なんでこれほど旨いんでしょう。凄いですや」

そして吸い物を一気に飲み干す。

「松茸って切ると薄くてぺらぺらなのに、こんなに味も香りもいいなんて、偉大ですぜ」

感激しつつ、忠吾は再び炊き込み御飯を掻っ込んだ。

貪《むさぼ》る忠吾を眺め、木暮が呟いた。

「しかしよ……そうやって鮭をばくばく食ってるおめえ見てるとよ、本物の羆《ひぐま》みてえだぜ」

忠吾は食べる手を止めずに答えた。

「そう考えると、熊って幸せですぜ。鮭を沢山食べられて！　いや、羨ましいですぜ」

「忠ちゃんはどうやら熊の生まれ変わりのようだね」

お紋は溜息をつき、話を戻した。

「話を纏めてみよう。表坊主の家、その娘の縁談相手は同朋衆の上役の息子。料理屋に絡んでいると思《おぼ》しき法体姿の男、そして役者らしき男。お千枝さんとお千代さんの叔父は面打師、猿楽師と絡んでいる大店の内儀たち、お千枝さんとお千代さんの養父は金貸し座頭。……朧《おぼろ》げながら事件の輪郭《りんかく》が浮かんでくるね」

「少しずつ繋がってきたな」

木暮は腕を組んだ。

お花は目九蔵に作ってもらった〝梅花餃子〟を包んで、お千代に届けにいった。目九蔵は、座敷牢の中の男に食べさせるなら〈唐仙〉の味に忠実にしようと、鶏肉ではなく鴨肉を使った。

ところが、猪牙舟に乗って大島村のお千枝の家に辿りつくと、どうも様子がおかしい。

家では葬儀の用意をしていたのだ。お花は驚き、喪服《もふく》姿のお千代を見つけて訊ねた。

「どなたかお亡くなりになったのですか」

すると憔悴《しょうすい》した面持ちでお千代は答えた。

「座敷牢の中の……義兄《あに》が亡くなったのです」

心《しん》ノ臓《ぞう》の発作《ほっさ》だという。お花は驚きのあまり、風呂敷《ふろしき》を落としそうになった。

お千代は赤い目でお花を見つめ、声を潜めて言った。

「でも……やはり、本物の義兄とは思えないのです。座敷牢の中で亡くなったのは、別の人です」

お花は言葉もなく、風呂敷包みをぶら下げたまま、帰っていった。座敷牢の男に梅花餃子を食べてもらうことは、ついに出来なくなってしまった。

木暮は猿楽師であり謡の師匠でもある桐生弘彌を、忠吾に見張らせた。すると三日後に、忠吾から注進があった。

「弘彌を尾けてみたところ、〈唐仙〉に入っていったので、暫く張ってやしたら、四半刻も経たないうちに、坊主姿の男が入っていったんです。そして一刻ほどして、店からお内儀風の女が一人で出てきたんですが、酷く憔悴した顔をしていたので気になりやして後を尾けやした。するとその女は川のほとりで立ち止まり、思い詰めた顔で大川を見ていやした。結局飛び込まずに帰りやしたが、心配になりやして尾けていくと、日本橋は本船町の廻船問屋《かいせんどんや》のお内儀と分かりやした。翌日、そのお内儀をまた尾けてみて、摑めやしたよ。そのお内儀が向かった先が、徳の市が営《いとな》む座頭金でした」

「なに、本当か？」と木暮は身を乗り出す。

「はい、間違《まちげ》えありやせん。でも、お内儀は店の中には入らず、外から店をじっと眺めておりやした。かなり思いつめた顔つきで」

「なるほど……そうか。徳の市と弘彌は繋がったか。とすると、徳の市の弟の、惣次郎も匂うな。御公儀や諸藩にも献上している面打師と、御公儀お抱えの猿楽師が繋がっていても不思議はねえもんな。よし忠吾、今度は惣次郎を見張っていてくれ」

「かしこまりやした」

忠吾は力強く答える。木暮は首を捻った。

「〈唐仙〉に入っていったっていう坊主も気になるな。大女将が〈唐仙〉に行った時も、坊主姿の男を見たっていうんだよな」

「本当の坊主か、似非《えせ》修験者か、気になりやす」

木暮と忠吾は頷き合った。


木暮は料理屋〈唐仙〉を桂に見張らせた。

もう霜月《しもつき》（十一月）、その名のとおり、霜が下りるほど寒さが厳しくなってくる頃だ。桂は手に息を吹きかけながら、粘り強く張り込みを続ける。すると五つ（午後八時）頃、法体姿の男が中から出てきたので、後を尾けた。男は菊谷橋《きくやばし》の辺りで辻駕籠《つじかご》を拾い、乗り込む。桂も辻駕籠を拾い、気づかれないように後を追わせた。

するとなんとその男は同朋町の奥坊主組頭の屋敷へと入っていった。男は、奥坊主組頭の鳥手左門太《とりでさもんた》と思われた。

三

今、神田同朋町の表坊主・岡野の屋敷の娘として居座っているのは秋穂本人なのか、それともすり替わったお千枝なのか。娘の正体を確かめるために木暮は一計を案じ、お市に力添えを願った。秋穂の踊りの師匠に事情を話して了解を得て、お市と代わってもらうことにしたのだ。

踊りと常磐津の心得があるお市は、木暮の頼みを快《こころよ》く引き受けた。

早速、二人は岡野の家へと赴《おもむ》いた。庭先の茂みに身を潜《ひそ》めた木暮の視線の先で、お市が「ごめんくださいまし」と声をかける。現れた下女に、お市は涼しい顔で挨拶《あいさつ》した。

「踊りの藤間加奈女《ふじまかなめ》が急病のため、師匠の代理で参りました藤間市女《いちめ》と申します。秋穂様をしっかり指導させていただきますので、本日はどうぞよろしくお願いいたします」

お市が丁寧《ていねい》に一礼すると、下女は何の疑いも持たずに、お市を家へと上げた。立涌縞《たてわくじま》の着物を粋《いき》に着こなし、踊りで使う傘と三味線《しゃみせん》を抱えたお市は、ぱっと見、踊りの師匠でじゅうぶん通るようだ。

下女は十五、六歳ぐらいと思われた。

——手ぬぐいをお鈴ちゃんとお雛ちゃんに渡して、うちに持っていくよう頼んだのは、きっとこの娘ね——

お市は察した。

通された部屋で待っていると、少しして娘が現れた。娘を一目見て、お市は確信した。

——やはり、お千枝さんに違いないわ——

娘もお市を見て、驚いたように立ち竦む。下女に「お嬢様?」と声を掛けられ、娘は我に返ったようだった。下女が下がると、二人は向かい合った。

言葉を交わさず、二人は目で語る。出されたお茶を一口啜り、お市は言った。

「お稽古を始めましょうか。今習ってらっしゃるのは『鷺娘《さぎむすめ》』ですよね。今日は《傘《かさ》づくし》の場面のお浚《さら》いをいたしましょう」

「よろしくお願いします」

娘は礼をし、立ち上がった。

お市は三味線を弾いて唄《うた》い、娘はそれに合わせて踊る。『鷺娘』は全体的にしっとりとした悲恋ものだが、傘を回しながら踊る《傘づくし》の場面は軽快で明るい。

〽傘をさすならば　てんてんてん日照り傘
お市は三味線を調子よく弾き、喉を鳴らす。娘は薄紫色の傘を手に、淑《しと》やかに舞う。腰や足に力が入っていても、それを微塵《みじん》も感じさせぬしなやかな動きだ。手の指先、足の爪先《つまさき》まで、優美さに満ちている。

お市は三味線を弾く手を休め、娘に近づくと、傘をもう一本渡した。

「傘を二本使って踊ってみましょう。いっそう華やかになりますので」

「やってみます」と娘は両手に傘を持ち、「お稽古つけてくださいませ」とお市を真っすぐ見た。

「傘が重ならないように、右手の傘を前に向けたら、左手の傘は上にあげて、共にくるりと一回転させて」

お市は指導しつつ、娘に接近し、耳元で囁いた。

「貴女《あなた》、お千枝さんでしょう。お千代さんのお姉さんの」

娘は両の傘を巧《たく》みに回しながら、「はい」と頷く。お千枝は声を潜め、お市に今の状況を語った。

「ここの本当のお嬢さんが病に臥《ふ》せっていらっしゃるので、その代わりを務めているのです。だから心配しないよう、妹にお伝えください」

「分かったわ」

お市は頷いた。お千枝は頭を下げると、再び無口になって稽古に励んだ。

お千枝は顔色もよく、上質な着物を着ている。この家で、どうやら大切にされているようだ。

――何か複雑な事情があるのでしょうが、そこまで深く訊くことは、ここではやはり無理ね――

釈然《しゃくぜん》としない部分もあったが、取《と》り敢《あ》えずお千枝の無事を確認出来たので、お市は安堵《あんど》して帰った。

お市の注進を聞いた木暮もともかく無事でよかったと胸を撫で下ろした。

「すまねえなあ。店があるってのに、頼んじまって。おかげで助かったぜ」

「いいわよ、結構楽しんじゃったわ、踊りのお師匠に扮《ふん》するの」

木暮はお市の出で立ちをまじまじと見て、唸った。

「似合ってるもんなあ。いや、踊りの師匠で通っちまうぜ！　どうだい、たまには店で踊ってみるってのは？　大女将に三味線弾かせて、お花に唄わせてよ。そういう出し物観ながら、客が呑み食いすんだよ。あたるぜ」

「もう。うちは料理屋で、芝居小屋や見世物小屋じゃないのよ」

お市は微笑みつつ頬を膨らませる。

「そうかい？　あたると思うんだけどなあ」

顎をさする木暮の背に、お市はそっと触れた。

「まあ、考えとくわ。……ところで旦那、戻らなくていいの？」

「あっ、そうだ。奉行所に戻らなくちゃな！　女将の顔を見てたら、うっかり忘れるところだった。田之倉の野郎、うるせえからなあ」

「もう旦那、しっかりしてよ！」

二人は笑いながら八丁堀へと戻っていった。

お市が店に帰ったのは、八つ半（午後三時）頃だった。

「ただいま」とお市が中に入ると、早速お紋とお花が寄ってきた。話を聞きたくて、うずうずしているようだ。

「どうだった？　岡野って家の娘さん」

「やっぱりお千枝さんだったわ。一目見て分かったし、本人も認めたから」

「やっぱりそうか」

お紋とお花は頷き合う。お市は二人を押し分け、座敷へと腰を下ろした。

「ああ、気を遣って疲れちゃったわ。少し休ませて」

しかしお紋とお花は構わず質問を重ねる。

「それでいったいどういう訳でそこにいるのさ。やはり身代わり？」

すると目九蔵が料理とお茶を運んできた。

「女将、お疲れさまでした。これでも召し上がって、一息ついてください」

お市は顔をほころばせた。

「さすが目九蔵さん、気が利くわあ。……あら、これ、もしや散鮓《ちらしずし》？」

湯気の立つ蒸籠《せいろ》を覗き込み、お市は目を丸くした。

「〝蒸し寿司〟いいまして、京では冬によお食べるんですわ。散鮓を蒸すだけの料理ですが、江戸では知られてへんようですな。京の冬はとても寒いんで、こういう温かな料理がありがたいんです。どうぞ召し上がってみてください」

「温かいお寿司って……いったいどんなものかしら」

お市は皿を見つめる。酢飯に錦糸卵《きんしたまご》がたっぷり載り、適度な大きさに切った鰻《うなぎ》、椎茸、さやえんどうが盛られている。

「蒸籠に入ってるってだけで、なぜかとても美味しそうに見えるよね」

お紋とお花も物欲しげな目で、〝蒸し寿司〟を眺める。目九蔵は板場へと行き、二人の分もすぐに持ってきた。

「仲良う召し上がってください」

「そうこなくちゃ！」「さすが！」とお紋とお花も大喜びだ。

〝蒸し寿司〟を食べるのは三人とも初めてで、どきどきしながら箸を伸ばす。一口頬張り、ゆっくり味わって、はないちもんめたちは相好《そうごう》を崩した。

「ふわっふわで、なんという口当たりのよさかしら。蒸してるからね」

「熱を加えたから、酢のきつさが和らいで、こりゃいいねえ。京の人って凄いじゃないか、こんな料理考えるなんて」

「寿司特有の生臭さがなくなって、食べやすいなあ。鰻がとんでもなく美味しいのは当然だけれど、錦糸卵が本当にふわふわだ。椎茸も利いてるし、さやえんどうが彩《いろど》りを添えてて見た目もいいだろ。極楽で出る料理みたいだ、温かい寿司って」

「極楽で出る料理かい、そりゃいいねえ！　目九蔵さん、これもうちの〈不老長寿〉の品書きに加えようよ。《うんと長生き、いく時ゃ極楽》ってさ！」

「あらお母さん、それいいわね」

「元気出るよね、こういうのを食べると。冬の鰻は丸々と脂が乗ってるし」

三人は嬉々として〝蒸し寿司〟に舌鼓を打つ。

「お千枝さんが無事なのも確認出来たし、美味しい料理をいただけて、今日は本当にいい日だわ」

お市は目尻を垂らした。


木暮は坪八に頼み、岡野の家にいるお千枝のことを、屋敷の外から見張らせた。ところが或る日を境《さかい》に、お千枝はとんと姿を見せなくなってしまった。

「お千枝さん、外出もせず、縁側にもちっとも出てきまへんわ」

坪八の注進を受け、木暮は「うむ」と眉根を寄せた。

――まさか家の者たちが、見張られていることに気づいたんじゃねえだろうな。後になって、踊りの師匠の代理が何かおかしかったと勘づき、危ぶみ始めたんじゃ――

木暮が不審に思っていると、今度は妹のお千代が襲われそうになった。何者かが夜中に徳の市の家に忍び込み、お千代の部屋へ入り込もうとしたのだ。だが、家を見張っていた忠吾が大声を上げて騒いだので、それは未遂《みすい》に終わった。曲者《くせもの》は逃げ、忠吾は必死で追い掛けたが、暗闇の中で見失ってしまった。

翌朝、忠吾は正直に木暮に報告し、「すいやせんでした」と頭を下げた。

「まあ、仕方ねえよ、天気悪くて月も出てなかったんだからな。お千代が無事だっただけよかったぜ」

木暮は忠吾を励ました。

しゅんとしている忠吾を元気づけてやろうと、木暮は忠吾を連れて〈はないちもんめ〉を訪れ、例の〝蜂蜜の安倍川餅〟を頼んだ。

「こいつに食べさせてやろうと思ってな。忠吾は甘党だからな、顔に似合わず」

「お気持ちはたいへん嬉しいですが、一言余計ですぜ、旦那」

忠吾は唇を尖らせる。するとお紋がやってきて口を出した。

「ごつい顔して何を可愛いふりしてんだい！　安倍川餅もいいけどさ、その前にこんなのはどうかい？　〝ひゅうず〟だよ」

「ひゅうず？」

二人は椀《わん》を覗き込んで鸚鵡《おうむ》返しした。

「そうだよ。板前曰く、陸奥《むつ》のほうの料理だそうだ。形が火打石《ひうちいし》に似ているから、それが訛《なま》って〝ひゅうず〟になったんだって。味噌と刻んだ胡桃《くるみ》と黒砂糖で作った餡を、饂飩粉で作った皮で包んで、茹でるんだ。まあ団子餅みたいなもんだね。甘党は勿論、そうでない人もいけると思うよ。味噌餡だからね」

「へえ、そりゃ旨そうだな」

木暮は箸を伸ばし、火打石のような形の〝ひゅうず〟を頬張った。忠吾も続く。

「……うむ。味噌と黒砂糖って、こんなに相性がいいんだな。初めて知ったぜ」

「あっし……頬が落っこちそうですわ。胡桃が利いてやす。もちもちした皮を嚙み締めると、中から味噌餡がとろりと溢れて、口の中で蕩けやす。もう、どうにでもして、って感じです、あっし」

恍惚《こうこつ》とする忠吾に、木暮は苦笑いだ。

「おい忠吾、酒を呑む前からそれじゃあな」

「なに兄い、もう乙女《おとめ》になってんの？」

屏風の裏からお花が顔をぬっと出し、からかう。

「いや、もう、身悶《みもだ》えしたくなる味ってことですや」

忠吾はうっとりしながら、あっという間に〝ひゅうず〟を平らげた。

「元気が出てきたようで、よかったわ」とお市に酌をされ、忠吾は頭を掻いた。

「また明日から頑張りやす」

「でもさあ、どうなってんだろうね」お花が割って入る。「お千枝さんが姿を見せなくなったと思ったら、今度はお千代さんが狙われるなんて」

「おいお花、お前は目の前のお客様をちゃんともてなせ！」

木暮が注意するも、お花は「ふん」と顎を突き出すばかりだった。

「そのお客様の新平《しんぺい》ちゃんが、隣と話してもいいって言ってんだから、いいんだよ。ねえ、新平ちゃん？」

「うん！　お花ちゃんの言うとおり、俺がいいって言ってんだからいいの！　俺も事件の話、聞きてえしさ」

新平は品川《しながわ》沖の漁師だ。明るくさっぱりとした気性のお花を気に入っており、兎に角甘い。木暮に言わせると、「お花目当てに店に通う奇特な客」ということになるらしい。

「新平さん、いい人なんだけれど、お花に甘過ぎるのよね」

お市が睨むも、お花は平然としている。するとお紋が次の料理を運んできた。

「はい、お待たせ。〝蜂蜜の安倍川餅〟だよ。旦那にはちと甘過ぎるかもね」

皿の上で、蜂蜜と黄粉のたっぷりとかかった餅が、黄金色に輝きながら誘っている。忠吾は唾を吞み、ばくりと頰張った。黄粉が飛び散って着流しの衿《えり》を汚し、蜂蜜が垂れて手にかかっても気にしない。忠吾は二口で一つ平らげた。

「餅に蜂蜜かけると死ぬほど旨いんですね、あっし初めて知りやした」

「焼いたお餅の芳ばしさに、とろりと甘い蜂蜜がなんとも合うのよね。私も驚いたわ」

お市が微笑む。

「おめえの食いっぷりに呆気《あっけ》に取られて、食うの忘れるとこだったわ」

木暮は苦笑いで箸を伸ばす。嚙み締め、味わい、頷いた。

「さっきのもよかったが、こちらもいいなあ。甘過ぎるなんてことはねえよ。さっきのはコクがあって、こちらはさらりと口当たりがいい。旨えよ」

二人に褒められ、はないちもんめたちは顔を見合わせ笑みを浮かべる。木暮が一つ食べ終える頃には、忠吾は二つ目を平らげていて、木暮はお代わりを注文してやった。

お紋が持ってくると、忠吾は「すみやせん」と言いながら嬉々として〝蜂蜜の安倍川餅〟にかぶりつく。そんな忠吾を眺めながら、お花が不意に呟いた。

「ああ、なんだか分かったような気がする。千枝さんが手ぬぐいに記した〝お餅にハチみつ〟の〝ハチみつ〟の深い意味が」

皆の目がお花に集まる。お花は続けた。

「お千枝さんたちは……実は三つ子だったんじゃないかな。そのことを伝えたかったのかもしれない。ハチの〝ハ〟は、二人が寄り添っているように見える。ハチの〝チ〟は、千という字にも見える。お千枝さんとお千代さんの二人の姉妹は、実は〝みつ〟、三つ、三人だったという意味をも含んでいたんじゃないかな」

「じゃあ……秋穂さんが三人目ってこと？　だから似ていたというの？　でも、あの二人とは育った環境がずいぶん違うように思うけれど」

お市が首を傾げる。

「いや、お花の言うことは一理あるね」とお紋は頷いた。「岡野家のお嬢さんは、秋穂さんっていうんだろ？　〝秋〟って字にも、〝千〟って作りが入ってるものね。〝チ〟に似た〝千〟がこれで三つだ」

木暮は苦い顔をした。

「双子でも畜生腹《ちくしょうばら》などと言って嫌がられるからな。武家では特に。三つ子だったら尚更《なおさら》、忌《い》み嫌《きら》われるだろう。それも岡野家は表坊主の家柄、決して裕福とは言えん。ならば育てるのもたいへんだ。一人は手元に残すとして……双子の娘じゃ武家でも貰《もら》い手《て》が見つからなくて、町人の手に渡されたんだろうな。畳屋に貰われたってのは、下男あたりの伝手《つて》かもしれん」

「ああ、なるほど。そういうことか」とお市は膝を叩く。

「もしかしたら、生まれた頃は、お千枝さんは〝秋枝〟さん、お千代さんは〝秋代〟さんだったのかもしれないね。でも、お千枝さんとお千代さんは、自分たちが武家の出とは知らなかったようだね。お千枝さんは連れ去られて今は知っているだろうけれど」

お花に続き、お紋も推測する。

「家に残した長女の秋穂さんはすくすくと美しく育って、いい縁談の話がきたものの、病に罹ってしまって暗礁《あんしょう》に乗り上げたんだね。でも奥坊主組頭の家との縁談を諦《あきら》めきれず、そっくりの双子の行方《ゆくえ》を捜していたんだろう。身代わりにするためにね」

「岡野家の人は、養女に出した畳屋を訪れてみたものの、店は畳まれ家族はいなくなっちまってたんだから、驚きやしたでしょう。それで必死で探したんでしょうな」

忠吾もすっかり岡っ引きの顔に戻り、勘を働かせる。

「お千枝さんとお千代さんはお祭りで踊ったりして注目を浴びたそうだから、その噂を聞きつけて、居所を突き止めたんでしょうね」

お花が首を傾げた。

「でも、どうして無理やり連れ去ったんだろう。徳の市に訳を話して、お千枝さんだけでも返してほしいと頼めばよかったのに」

「徳の市の近況を調べて、そう簡単に娘を手放す訳がないと踏んだんだろうよ。手放す代わりに多額の金子を要求されるかもしれんとな。それに、事情を易々《やすやす》と話したりしてみろ。後々《のちのち》まで強請《ゆす》ってくるかもしれねえじゃねえか、座頭金やってるような奴だったら」

「ああ、そうか。そう言われりゃそうだ」

お花は納得する。お紋は溜息をついた。

「それで無理やり連れ去っちまったという訳だね。揉み合いになって、お千代さんのほうは突き飛ばされて、可哀《かわい》そうに頭を打って気を失っちまったんだね。なんともなくてよかったよ、本当に」

「でも……そのお千代さんまで襲われたってのが気になりやす」

忠吾がぽつりと言うと、皆、複雑な顔になった。

「もしやお千枝さんも病に罹っちまったのかね。それで……また代わりが必要になったってことかい」

お紋の言葉に、皆に不安が込み上げる。木暮は忠吾に申しつけた。

「いいか、しっかりお千代を見張ってくれ」

「はい、かしこまりやした！」と忠吾は力強く答えた。「これほど旨いものを食わせていただいたんですから、あっし、命に代えてもお千代さんを守り、もう決して悪党どもを逃がしやせんぜ」

「まあ、命に代えてもってのはちょいと大袈裟《おおげさ》だねえ。いいよ忠ちゃん、そこまで気張《きば》んなくても」

「いや大女将、あっし、やる気になってますんで」

忠吾の鼻息は荒い。

「命は大切にして、頑張ってくれな」

木暮に肩を叩かれ、忠吾はますます張り切る。

すると屛風の裏から、新平が声を掛けた。

「ところで皆さん、木暮の旦那の筆おろししたのが大女将っていうあの噂は、本当なんですか？」

「……ったく、嘘《うそ》に決まってんだろう！　なんだ、お前さんまで知ってんのか？　あ、お花、おめえだな喋ったの！」

　顔を顰めて木暮がお花を睨む。お花は舌をちらっと出し、そっぽを向いた。

「あのなあ、噂ってもんはな、誰かが二人に喋れば、そいつらがまた二人ずつに喋って、その四人がまた二人ずつに……っていうふうに広まってくんだよ！　そういう偽《にせ》の噂を流すんじゃねえぞ、莫迦《ばか》垂れが！　今に捕まえちまうぞ」

　憤《いきどお》る木暮の横で、お紋は眉を搔く。

「私のちょいとした冗談が凄い勢いで広まっちまったようだね」

　新平は笑った。

「いや、根も葉もない噂でも、楽しめりゃいいってのはありますね。木暮の旦那の筆おろしの相手が大女将だった、ってのがなんともおかしくて、皆、この噂に飛びついたんじゃねえかと」

「なんだそりゃあ！　まったく悪趣味な奴らばかりで、嫌んなっちまうぜ」

項垂《うなだ》れる木暮に、お市は優しく酌をする。

「旦那だって傷ついてるのにね」

「おう。分かってくれるのは女将だけだぜ。ありがとよ」

仲睦《なかむつ》まじい二人を、忠吾がじとっと見る。

「旦那のことを分かってるのは、女将だけじゃありやせんや。あっしだって、よく分かっておりやす。そんな屈辱的《くつじょくてき》な噂を流されて、旦那がどんなに辛《つら》かったか……。それを思うと、あっし……」

涙ぐむ忠吾を、お紋が睨む。

「なんだい、屈辱的ってのは。私が初めての女だったってのは、それほどからかわれることなのかい？　失礼だねえ、どうせ女も知らないくせにさ」

「あっ、大女将、その言い方は酷いですぜ。あっし、傷つきやした」

忠吾は袂《たもと》から手ぬぐいを取り出し、その端を嚙む。

お花と新平は、お紋と忠吾の遣り取りにお腹を抱えて笑っている。

「あんな奴らどうでもいいってことよ」

木暮はお市と差しつ差されつ、ほんのり香る梅酒を味わった。

第四話　牡蠣《かき》尽《づ》くし

一

両国広小路《ひろこうじ》には、芝居小屋のほか、見世物小屋、お化け屋敷などいくつもの猥雑《わいざつ》な小屋が建ち並んでいる。その一つに〈玉ノ井座《たまのいざ》〉という小屋があり、話題のお光太夫《こうだゆう》を見ようと押し掛けた人々で賑わっていた。

霜月、寒い季節だというのに、小屋の中は人いきれと熱気が渦巻《うずま》いている。

「はい、押さないで！」という小屋番の声、「煎餅《せんべい》に飴《あめ》は如何《いかが》ですか」という物売りの声……。市村座の定式幕を模した、黒・萌黄《もえぎ》・柿色の幕が開くと、観客たちから歓声が上がった。

口上、謡い、踊り、文楽《ぶんらく》もどき、水芸と続き、お光太夫の登場と相成《あいな》った。迫《せり》が上がり、お光太夫が現れると、観客たちはどよめいた。いつもはどちらかといえば男装が多いお光太夫だが、今日は違ったのだ。

お光太夫は足元にまで届く大垂髪《おすべらかし》の鬘《かつら》を被《かぶ》り、鮮やかな緑色の襦袢《じゆばん》に橙《だいだい》色《いろ》の袷《あわせ》を重ね、その上に真紅《しんく》の羽織《はおり》を纏《まと》っている。目が覚めるような艶《あで》やかさに、観客たちは感嘆《かんたん》の息をついた。

「綺麗《きれい》だなあ……紅葉《もみじ》の女神みてえだ」

「あれ、竜田姫《たつたひめ》の姿でしょう？」

お光太夫が淑《しと》やかに微笑《ほほえ》むと、観客はいっそう沸《わ》いた。

竜田山の紅葉の美しさから、竜田姫は紅葉を赤く染める女神と言われる。竜田姫に扮《ふん》したお光太夫の衣装が紅葉を表す彩《いろど》りなのは、それゆえであった。

観客たちは暫《しば》し竜田姫のお光太夫に見惚《みと》れていたが、ふと我に返った。

「でもまさか、あの姿で軽業《かるわざ》するってのか？」

「さすがに無理よねえ」

しかし竜田姫のお光太夫は観客たちの疑問を吹き飛ばすかのように、三味線《しゃみせん》と尺八《しゃくはち》の音色《ねいろ》に乗って、舞台を駆け回り始めた。長い大垂髪を振り乱し、真紅の長羽織を翻《ひるがえ》して走る姿は、艶やかな迫力に満ちていて、観客は大いに沸いた。

「おおっ、舞台に紅葉が咲き乱れてるみたいだ！」

歓声が上がる中、今度は舞台の上から綱《つな》が降りてきた。お光太夫が綱を両手で摑むと、またするすると上がっていき、下から十尺（約三メートル）ぐらいのところで止まった。

宙に浮かぶ竜田姫に、観客たちは昂《たか》ぶる。竜田姫のお光太夫は綱に摑まったまま躰を揺さぶって弾《はず》みをつけ、「はっ」と気合の声を上げて半回転し、巧《たく》みに綱の上に乗ってしまった。

「うわあ、あの姿で綱渡りするってのか！」

「きゃあ、見てるのが怖いわ」

皆ひやひやしながらも、竜田姫のお光太夫から目が離せない。

お光太夫は裸足《はだし》なので、足の親指と人差し指で綱を挟み、楽々と綱を渡っていく。懐《ふところ》から扇《おうぎ》を取り出し、両手に持って翻しながら、三味線の音色に合わせ、綱の上で舞った。扇にも紅葉が描かれている。

その姿に、観客たちは仰天《ぎょうてん》し、口をあんぐりと開けたまま言葉を失ってしまう。

竜田姫のお光太夫は、綱の上に片足だけで立ったり、飛び跳ねたりもする。まさに宙に浮かび、宙で舞っているように見え、観客たちは夢幻《むげん》の世界を眺めているような心持ちだった。

「凄《すげ》え……凄えぞ！」

顔を紅潮《こうちょう》させた観客が叫ぶ。

「お光太夫、日本一！」「お光太夫か、竜田姫か！」

「夢見てるみたいよ、素敵！」あちこちから声が飛び、小屋は熱気で沸騰《ふっとう》した。

両手に持った扇を右に左にと回しながら、お光太夫は綱の上で舞い続ける。するると、落雷の如《ごと》き音が響き、顔を青く塗った白装束《しろしょうぞく》の男が現れた。青い顔の男は弓を構え、下から狙う。そして竜田姫を目掛けて矢を放った。

矢は竜田姫が右手に持った扇に命中した。扇がはらりと落ちたその勢いで、竜田姫の躰《からだ》もぐらりと揺れた。

観客たちは悲鳴を上げ、目を両手で覆《おお》う。

竜田姫のお光太夫は均衡《きんこう》を崩し、綱から足を滑《すべ》らせた。だが次の瞬間、両手で綱を摑み、再び躰を揺すって弾みをつけ、十八番《おはこ》の大回転を始めた。一回転するたびに真紅の打掛《うちかけ》と橙色の袷、緑色の襦袢が翻り、錦《にしき》を織りなす。

「まさか大回転までやるとは！」

「これでこそお光太夫よ！」

「空中回転する竜田姫を見られるなんて、御利益《ごりやく》ありそう」

観客たちは沸きに沸き、驚きと感激のあまり泣き出す子供までいた。

すると青い顔の男が再び矢を放ち、綱を射抜いた。綱は切断され、竜田姫もろとも落下する。

「ぎゃあああっ」

鋭い悲鳴が小屋を揺さぶった。だが竜田姫のお光太夫は宙を舞うようにくるりと回転し、無事、舞台に着地した。

あまりに見事だったので、観客たちからは声も出ない。しんとなった次には割れんばかりの歓声が起こった。

竜田姫のお光太夫は尺八の音色に合わせて、顔を青く塗った白装束の男の肩に飛び乗る。肩車されながら、お光太夫は両手で再び扇を持って翻した。迫が下ってお光太夫の姿が見えなくなるまで、お客たちは歓声を上げ続けた。


この話題のお光太夫、誰あろうお花である。店が休みの日は、こうして小屋に出て、軽業の芸を見せている。いわば副業であるが、なぜ始めたかというと、年頃のお花には店の給金だけでは足りないからだった。幽斎に占いを視《み》てもらうにも金子《きんす》がかかるし、芝居だって観《み》たいし、新しい着物や草履《ぞうり》だってほしい。美味《おい》しいと評判の料理屋にだって、後学のために行ってみたい。

そのような理由で、小さい頃から身軽だったお花は、軽業の副業を思いついたのだった。人気も給金も上向きで、充実した日々となっている。軽業芸を始めたことで、明らかな心の変化も生まれていた。

お紋曰《いわ》く、小さい頃から「牛蒡《ごぼう》のよう」と称されるお花は、色白でしっとりとした色香に満ちた母親のお市に対して、ずっと引け目を感じていたのだ。だが、近頃お花は——おっ母《か》さんはおっ母さん、あたいはあたいだ——と思えるようになっていた。

——おっ母さんだってあたいだって、いいところもあれば、そうじゃないところもあるんだ。でも、いいところと悪いところ、どちらも含めて、それぞれの個性なんだ——

お花が大人になったからか、それとも小さな小屋でも人気が出て自信がついたからだろうか。いずれにしろ軽業芸の仕事は、お花に変化をもたらしたようだった。

給金を貰って小屋を出る時、お花は長作《ちょうさく》に声を掛けられた。

「お花ちゃん、今日の衣装綺麗だったなあ。ああいう恰好《かっこう》も意外と似合うんだな。皆、吃驚《びっくり》してたぜ」

「あはは、あたい若武者とか、いつも男っぽい恰好が多いからね。ああいう服を着ると、気分も変わるよ」

「見惚《みと》れちまったよ」

長作は呟《つぶや》き、照れくさそうに鼻の頭を掻《か》いた。

長作はお花より一つ年上の、気は優しくて力持ち。一座の座長の息子である。この長作、さっぱりとしたお花を好いているようだが、気恥ずかしいのか、店に行くと言いながらなかなか行けずにいるのだ。ちなみに顔を青く塗った男に扮していたのは、長作だった。

「見惚れてくれて嬉しいよ！　長作兄いも弓引くの巧《うま》いよね。見事に命中させるんだもん！　今度教えてよ」

「いいぜ、お花ちゃんにならいくらでも教えてやらあ！」

「楽しみにしてる」

二人は肩を叩き合い、微笑む。お花は「またね」と小屋を出た。広小路を颯爽《さっそう》と歩いていくお花の後ろ姿を眺めながら、長作は「俺も頑張ろうっと」と笑顔で呟いた。


以前は小屋を出ると一目散《いちもくさん》に幽斎の占い処へ向かうお花だったが、近頃は途中で寄るところができていた。お滝が出ている小屋〈風鈴座《ふうりんざ》〉だ。木戸銭《きどせん》を払ってお滝の芸を見た後、お花は楽屋を訪ねた。一言、挨拶《あいさつ》したかったのだ。

「あら、ちょうどよかった」

お滝は風呂敷包みをお花に渡した。

「約束の、私のおさがり。青の矢絣《やがすり》の袷よ。よかったら着てね」

「姐《ねえ》さん……本当にありがとうございます。大切に大切に、着ます」

感激のあまり、お花の声が微《かす》かに震える。お滝はお花の肩にそっと手を置いた。

「お花に着てもらったら、着物も喜ぶわ。うんと着てあげて。傷《いた》んだら、おさがりでよければまた譲《ゆず》るから」

「姐さん……」

お花は言葉を詰まらせた。風呂敷包みを大切に抱え、お滝に何度も礼を述べると、〈風鈴座〉を後にした。

それから薬研堀の幽斎の占い処へ向かったのだが、既に沢山《たくさん》の客が並んでいて、一刻近く待たされた。

ようやく順番がきて幽斎と向き合うと、お花の頬は微かに赤らんだ。何度会っていても、幽斎と会うと必ず新しいときめきを感じるのだ。

「今日は並んでくださったのですね」

幽斎の落ち着いた低い声が、お花の耳に心地《ここち》よい。

「はい……。いつも特別に視《み》ていただくのでは悪いですから。それに、今日視ていただきたいのは、ちょっと風変わりなことですので」

「ほう。といいますと？」

お花は双子の姉妹とその義兄に関する事件のあらましを、幽斎に話した。

「なるほど……それは奇妙な話ですね」

「はい。それで先生に視ていただきたいのは、その徳之助という人が本当に亡くなったのか、それとも亡くなったのはやはり別人で、本人はどこかで生きているのか。生きているとしたら、どこにいるのか、ということなんです」

幽斎は腕を組み、溜息をついた。

「やってみますが難しいでしょう。徳之助さんという方の顔もよく分からないのですから」

「で、でも、昨年の事件では、ほとんど名前だけで先生は真相に繋がることを言い当ててしまわれました！　あの時、あたし吃驚《びっくり》して……。先生の占いをいっそう信じるようになったんです。だから今回も是非《ぜひ》よろしくお願いします！」

お花は深々と頭を下げた。

「ええ、出来る限りやってみますが、もし見当はずれなことを申し上げてしまってもお許しください」

「勿論《もちろん》です。名前だけで視ていただきたいなんて、図々《ずうずう》しいことを申し上げているんです。こちらこそお許しください」

幽斎はお花に微笑んだ。

徳之助の名を書いた半紙を傍《かたわ》らに置き、それと水晶を交互に眺めながら、幽斎は視始めた。水晶に手を翳《かざ》して小さな声で呪文を唱える幽斎の額《ひたい》には青い筋が浮かび、怖いほどに真剣な面持《おもも》ちだ。お花は固唾《かたず》を呑《の》んで、幽斎を見つめる。いつもの穏《おだ》やかな雰囲気の幽斎は勿論、このように張りつめている時の幽斎にもお花は強く惹《ひ》かれた。

幽斎は紫色の水晶から目を離さず、告げた。

「徳之助さんという方は、この世におられます」

お花は目を見開き、膝を乗り出した。

「い、生きているのですか。では、この前亡くなった人はやはり別人だと」

「恐らくそうでしょう。……そして、この方は今それほど苦しい目には遭《あ》っていないのではないでしょうか」

「といいますと、無事に過ごしていると？　監禁されたりしている訳ではないのでしょうか」

「ええ……徳之助さんの周りがやけに黄色いんです。とても穏やかな黄色で、陽《ひ》の光のようにも思えるのです」

「明るいところにいるということですか？　では今は座敷牢《ざしきろう》のようなところに入れられている訳ではないのですね」

幽斎は両手を水晶に翳し、再び熱心に呪文を唱えるも、溜息をついた。

「申し訳ありません。これ以上は視ることが出来ません。ですが、少なくとも座敷牢のような暗いところに閉じ込められているという訳ではなさそうです」

お花は幽斎に深く頭を下げた。

「あ、ありがとうございます。徳之助さんの安否《あんぴ》に希望が持てただけでも大収穫です！　いつも無理を言ってしまうのに、ちゃんと答えを出してくださって、先生には心より感謝しています。……うちの店に訪れる、町方のお役人たちもです」

幽斎の顔が和《やわ》らいだ。

「木暮さんと桂さん、ですね。先日いらっしゃいましたよ」

「はい……聞きました。特に木暮の旦那は厚かましいんで、先生に失礼なことをしていないかと心配です」

「ははは、心配御無用です。お二人とも礼儀正しく、さすがは町方のお役人だと思いました。……あのような方たちがついていらっしゃるのですから、お花さんも心強いでしょう」

幽斎に見つめられ、お花は恥ずかしそうにうつむいた。

幽斎は、餃子の作り方が書かれた『卓子調烹方』を貸してくれたので、お花はそれを抱き締めるように大切に抱え、帰っていった。


次の日の昼餉《ひるげ》の刻、木暮と桂が店に訪れたので、お花は早速、幽斎の見立てを話した。〝鰤《ぶり》カマの煮つけ〟を頬張りながら聞き、木暮は唸《うな》った。

「幽斎さんは凄《すげ》えなあ。名前だけでそれほど視えちまうってのは。占いだから十割正しいとは言い切れねえだろうが、そういう話だと安心するな」

「穏やかな黄色い光に包まれている、というのが気になります。明るい場所というますと、山のほうではなく海に近いのでしょうか」

「ああ、そうなのかもしれませんね」

お市が頷く。木暮は溜息をついた。

「まあ無事だとしても、謎《なぞ》は残るよな。すり替わったのは何のためか、すり替わった男が死んだのは本当に発作《ほっさ》だったのか。徳之助を探し出すにしても、やはり手懸かりが少な過ぎる。……あ、女将《おかみ》。御飯のお代わりを頼む」

大根の漬物をぽりぽり齧《かじ》りながら飯椀《めしわん》をお市に差し出す木暮に、お花は呆《あき》れたように言う。

「旦那ってさ、頭を悩ませながらも本当によく食うよね。まあ、それだけうちの料理が美味いってことだろうけれど」

「おう、そのとおりよ。〝鰤カマの煮つけ〟ってのは、こりゃ絶品だね。脂がたっぷり乗った鰤カマに、生姜《しょうが》の利いた甘辛い味付けが沁《し》み込《こ》んで、頬張《ほおば》って嚙《か》み締《し》めると、口の中にじゅわっと広がるのよ」

「それを御飯の上に載せ、煮汁を少し掛けたら、いくらでも食べられるという訳です。……女将、私もお代わりお願いします」

桂も飯椀をお市に差し出す。

「はい、ただいま」

お市は飯椀二つを盆に載せ、嫋《たお》やかに微笑む。木暮は大根の味噌汁を啜《すす》り、息をついた。

「旨いもんをしっかり食わないとよ、頭も働かねえって訳だ」

「同感です。しかしこちらの店の料理が、鯖から徐々《じょじょ》に鰤に代わりますと、毎年、冬が深まってきたなあと感じますね」

「本当にそうだなあ。これからは鰤だ。毎日でも食べにくるぜ」

「食べ物も花も、季節毎《ごと》に味わい深いものですね」

店に飾られた艶やかな寒椿《かんつばき》を眺めながら、木暮と桂は笑みを浮かべる。

するとどこからか、お紋がまたもぬっと現れて口を出した。

「そうだよねえ、これからは鰤だ。ほら、鰤ってのは出世魚だろ。こちらでは、育つごとに〝イナダ〟〝ワラサ〟〝ブリ〟と呼び名が変わるけれど、上方《かみがた》では〝ハマチ〟〝メジロ〟〝ブリ〟って変わるんだよね。それで私、子供の頃は〝ハマチちゃん〟なんて呼ばれてたという訳さ。目九蔵さんみたいに上方から来た男の子にね」

お花は怪訝《けげん》そうな顔をした。

「なんだ、その〝ハマチちゃん〟ってのは」

「その男の子はこう言ったさ。お紋ちゃんは白くてほんのり桜色がかって、ぴちぴちとイキのいいところが、まるでハマチみたいや。そうや、これからはお紋ちゃんのことを〝ハマチちゃん〟と呼ぼう、とね」

「ははは、それで成長するごとに呼び名が変わっていったって訳か、婆ちゃんも」

「そうさ。子供時代は〝ハマチちゃん〟、娘時代は〝メジロちゃん〟、そしてすっかり出世して、〝ブリちゃん〟と呼ばれているよ、今ではね」

「ダボハゼさ」

「なにをっ」

「なんだとっ」

いがみ合う祖母と孫を横目で見ながら、木暮がぼそっと言った。

「そういや鯊《はぜ》もそろそろ旬だなあ。天麩羅《てんぷら》にすると旨《うめ》えんだよなあ」

「大女将も油で揚《あ》げれば美味なのでしょうか」

「よせよ、考えたくもねえぜ」

木暮は顔を顰《しか》め、眉を掻《か》いた。

皆が事件に頭を悩ませている時、目九蔵はまた別のことが気懸《きが》かりだった。それは、いつぞやの尼寺の料理に使われていた、ぴりりと辛い調味料のことだ。

目九蔵はあの味付けの正体が何かどうしても知りたかった。味噌や醬油や唐辛子を混ぜて寝かせてみたり、それに塩麴《しおこうじ》を加えるなど色々試してみたが、いずれも何かが違うのだ。

如何《いか》にしても分からず、目九蔵は居ても立ってもいられなくなり、或《あ》る日、ついに恥を忍んで男一人で尼寺〈清心寺〉へ行ってしまった。

料理を作った見習い尼に、味付けについて訊きたかったからだが、やはりいざとなると躊躇《ためら》ってしまい中へ入れない。でも、あの味付けの仕方を知りたくて堪《たま》らない。一本気な目九蔵は、料理をとことん追究せずにいられないのだ。

――こちらの尼寺は檀家《だんか》さんの紹介がないと入れないいちゅう話やったし、男一人で訪ねたのはやはり無謀《むぼう》ちゅうもんやったかな。どないしよう――

門前でうろうろしながら首を伸ばして中を覗《のぞ》く。すると見習い尼だろうか、庫裡《くり》から若い尼が出てくるのが見えた。その尼が持つ盆には何か料理が載っている。尼の姿を目で追い、目九蔵は――おや？――と思った。

若い尼は庭を横切り、離れの土蔵のようなところへ向かった。その戸を開けた時に、男の姿がちらと見えたのだ。男子禁制の尼寺である。男に料理を渡すと、若い尼は注意深く辺《あた》りを見回し、そっと戸を閉めた。目九蔵は素早く門前の繁《しげ》みに身を隠し、こっそりと様子を窺《うかが》った。若い尼が庫裡に戻ると、土蔵の戸が開くことはなかったが、ただならぬものを目九蔵は感じ取った。

目九蔵は店に戻ると、見たこと、それから直観したことを、はないちもんめたちに正直に話した。

「もしや……尼寺に匿《かくま》われている男。あの人が、徳之助さんではありませんかな。本物の」

「どうしてそう思ったんだい？」

お紋が訊《たず》ねると、目九蔵は答えた。

「へえ。少し見えた時、髭《ひげ》はありませんでしたが、やけに長い髪を元結《もとゆい》で結んでいて、纏《まと》っているのは薄汚れた着流しで。どう見ても、どこかを放浪していたかのような、暫《しばら》く普通の暮らしから離れていたような身なりだったんですわ」

するとお花が「あっ」と声を上げた。

「目九蔵さんが言うように、尼寺に居る男っていうのは、徳之助さんかもしれない。ほら、あの尼寺には大きなイチョウの木があっただろ？」

「ああ、そういえばあったわね」

「あの木から採れた銀杏、美味《おい》しかったじゃない」

「そうなんだ。あたいたちが尼寺の催《もよお》しに行った時は、あのイチョウの葉っぱはまだ緑色だった。でも今はきっと、鮮やかな黄色に変化してるんじゃないかな」

「へえ、そうでした。大きなイチョウの木が確かにありまして、真っ黄色に染まってましたわ」

「ああ、そうか」

お紋が手を打つ。

「幽斎さんが視たっていう黄色い光ってのは、色づいたイチョウの葉かもしれないね！」

「うん、そうなんじゃないかな。きっと土蔵の中に、小さな明かり取りの窓のようなものがあって、そこからイチョウの彩りが見えるんだよ。徳之助さんは土蔵に匿われながら、そのイチョウの眺めに癒《いや》されているんだ。だから幽斎さんには、黄色い穏やかな光、が視えたんだよ」

「なるほど……そうかもしれないね」

お紋は頷く。お市が首を傾げた。

「土蔵の中の人が徳之助さんだったとして、どうして尼寺にいるのかしらね」

するとお花が意見を出した。

「徳之助さんは、あの双子が持って帰った索餅《さくべい》を食べて覚醒《かくせい》したって話だったよね。……ってことは、あの見習い尼さんの料理に覚えがあったのかもしれないよ。もしや知り合いだったとかさ」

「あの見習いの尼さんは、もしかして元は料理人だったのかしら。お料理が妙に上手だったもの、そういえば」

お市も勘を働かせる。目九蔵も口を挟んだ。

「あのピリ辛の味付けにしても、こないに考えても分からんっちゅうことは、相当工夫されてるっちゅうことですわ。ほんまに料理人だったのかもしれまへん」

「あの例の阿部川町の店〈唐仙〉で働いていたのかもね、案外」

お紋の言葉に、お花は大きな目をぎょろりと光らせる。

「そうか……徳之助さんが、見習い尼さんの作った索餅を食べて、〈唐仙〉の料理を思い出したんだとしたら、尼さんが昔〈唐仙〉の料理人だったって考えられるよね。じゅうぶんに」

皆、頷き合った。

その夜に訪れた木暮と桂に、はないちもんめたちは先刻推測したことを伝えた。

「その説は捨てておけねえな」

二人は〝烏賊《いかあ》揚げ団子〟と酒を味わいながら眉根を寄せた。事件の話をしながらも、木暮と桂は相変わらず食欲旺盛《おうせい》だ。

〝烏賊揚げ団子〟は、微塵《みじん》切りにした烏賊と葱と韮を、水で溶いた饂飩粉と混ぜ合わせ、塩で味付けし、団子状に丸めて揚げたものだ。

熱々のそれが堪らなく美味だったようで、木暮と桂はお代わりを注文した。

「こりゃ酒が進むよなあ」

二人は目を細めて盃《さかずき》を傾ける。

「呑《の》み過ぎて失態なんて起こすんじゃないよ！」

お紋に発破《はっぱ》をかけられ、木暮は「分かってらあ」と小鬢《こびん》を掻いた。

次の日早速《さっそく》、木暮と桂は〈清心寺〉へと話を聞きに赴《おもむ》いた。尼寺は寺社奉行の管轄《かんかつ》となるが、行方《ゆくえ》知れずになっている町人に関わる事件なので、木暮たちはその訳を話し、尼寺の中へ入れてもらった。

だが、住職の貞心尼と副住職の寂心尼はやはり歯切れが悪かった。

「こちらの土蔵に、行方が分からなくなっている男が匿《かくま》われているのを、目撃した者がおります。一度、土蔵の中を見せてもらえませんか」

木暮が厳しい顔つきで言うと、貞心尼と寂心尼は黙ってしまう。見習い尼の清和がお茶を運んできて、木暮たちに出した時、貞心尼が清和にそっと目配せしたのを、木暮は見逃さなかった。

「貴女《あなた》、見習いの尼さんですね。この尼寺に来るまでのことで、ちょっと訊ねたいことがあるのですが」

木暮はすかさず清和を引き留める。清和の顔色が変わった。

「いえ、私は何も……」

蚊《か》が鳴くような声で呟くと、清和はすぐさま立ち去ろうとする。

木暮と桂は立ち上がり、清和の前に立《た》ち塞《ふさ》がった。その時、離れの土蔵のほうから騒ぎ声が聞こえてきた。

「何事だ？」

「暴漢でも入り込んだのでしょうか」

木暮と桂は庫裡を飛び出した。土蔵の前で、二人の男が摑み合っていた。徳之助らしき若い男と、大柄で厳《いか》めしい顔をした男だ。

「こんなところに隠れていたとはな！　どれだけ探したと思っている？　さあ、おとなしく帰るんだ。お前は俺の言うことを聞いていればいいんだ」

「いやだ、放せ！」

大柄な男は、徳之助らしき男を思い切り殴《なぐ》り飛ばした。幾度か殴られたのか、徳之助らしき男は顔を腫《は》らし、唇《くちびる》に血を滲《にじ》ませている。

「何をしてる！」

木暮が大声を出すと、大柄な男は鋭い目つきで振り向いた。徳之助の叔父《おじ》である、面打師の惣次郎だった。

惣次郎は木暮たちの姿を見て顔色を変え、舌打ちすると、忽《たちま》ち逃げ出した。

桂が「待て！」と追い掛け、木暮は倒れている若い男を抱き起こした。

――惣次郎と揉めていたってことは、やはりこの男は徳之助で間違いないようだな――

長い間の座敷牢暮らしが祟《たた》ったのだろう、徳之助は顔色が異様に悪く、酷《ひど》く憔《しょう》悴《すい》していた。

二

徳之助は庫裡の中で貞心尼たちに手当され、暫く横たわっていたが、半刻ほどすると、起き上がることが出来るぐらいにはなった。

「いったい何があったのか、話してくれるかい？」

木暮が優しく語り掛けると、徳之助は少し掠《かす》れる声で「はい」と答えた。目つきも口ぶりも、しっかりしている。徳之助は気がおかしくなっているという話だったが、木暮には、正気を取り戻しているように見えた。

徳之助は木暮に、これまでの経緯を正直に話した。

徳之助を座敷牢に閉じ込めたのは、叔父の惣次郎だった。惣次郎が人を殺《あや》めたところを、徳之助が目撃してしまったからだ。

徳之助は若き日、惣次郎の面打ちの腕に憧れ、素直に叔父を敬《うやま》い、日々精進《しょうじん》していた。

自分も叔父のような立派な面打師になるのだと。

だがふとした時に、徳之助は叔父に対して疑念を抱くことがあった。——叔父は誰かとつるんで裏で何かあくどいことをしているのだろうか——と。叔父が妙に羽振りがよいということも、疑念に拍車をかけていた。

叔父は徳之助をたまに、阿部川町の唐料理を出す店に連れていってくれた。その店の料理は非常に美味しく、徳之助にとって忘れられぬ味となった。或る日、板場を任されているという料理人が挨拶にきて、徳之助は驚いた。淑《しと》やかで美しい女人《にょにん》だったからだ。

少し寂しげな優しい笑顔が、妙に徳之助の心を惹いた。女人は名前を弓《ゆみ》という。若い徳之助は、お弓に一目惚《ひとめぼ》れしてしまった。

それから徳之助は、せっせと金子を貯めては、こっそり一人で〈唐仙〉に通うようになった。お弓に逢いたいのはもちろん、お弓が作った料理を味わいたかったのだ。

ちなみに木暮やお紋は一見の客ということで吹っ掛けられたが、徳之助は得意客の甥なので一朱（約六千円）足らずで呑み食いすることが出来た。

純な徳之助は、お弓の料理を味わうことで、お弓と心を通じ合っているような気持ちになった。男女の間柄にならずとも、それだけで幸せだったのだ。

それに徳之助は気づいていた。お弓はどうも店の板前といい仲のようだと。でも、そんなことはどうでもよかった。徳之助はお弓の料理を食べられるだけで、充分だったのだ。

しかし唐突に、徳之助のそんな幸せはぶち壊されてしまう。

その日、徳之助はこっそり一人で〈唐仙〉を訪れ、個室の座敷で食べていた。すると隣の部屋から騒がしい声が聞こえてきた。聞き覚えのある、叔父の声だった。徳之助はひやりとして、肩を竦《すく》めた。一人でここに来ていることがバレたら、怒られるに違いないからだ。

暮れ六つ前、お客は叔父と徳之助しかいないようだった。壁越しに聞こえる叔父の声はいっそう大きくなり、徳之助は凍り付いた。

叔父がお弓を手籠《てご》めにしようとしていることが、はっきり分かったからだ。お弓の泣き叫ぶ声も聞こえてくる。

――どうしよう。叔父を止めなければ――

そう思っても、震えてしまって躰《からだ》が動かない。

お弓の泣き声はますます激しくなる。意を決して徳之助が立ち上がろうとしたのと、お弓といい仲だった板前が叔父たちの部屋に飛び込んだのは、ほぼ同時だった。

「やめてください！」

板前が惣次郎に摑みかかり、揉み合う音が響いた。

怒鳴り合う声が聞こえていたが、お弓の鋭い叫び声が響いた後、急に静かになった。

徳之助はごくりと喉を鳴らし、ふらふらと部屋を出て、廊下で立ち竦んだ。躰が勝手に動いてしまったのだ。

そして、隣の部屋の惨劇《さんげき》を見た。板前は叔父に刺し殺され、お弓はその骸《むくろ》に縋《すが》りついていた。

血塗《ちまみ》れの短刀を手にした叔父は徳之助の顔を見ると、舌打ちした。

「どうしてお前がここに」

その時の叔父の恐ろしい顔を、徳之助は生涯忘れないだろう。

叔父が凄まじい形相《ぎょうそう》で近づいてきて、徳之助は——自分も殺される——と目を瞑《つむ》った。

激しく突き飛ばされ、頭を強打した。

それから先のことは覚えておらず、気づいた時には座敷牢の中に入れられていたという。

見た光景があまりに衝撃的だったことと、頭を強く打ったことで、徳之助は暫《しばら》くの間、本当に正気を失っていたようだ。事件前後のことは本当に何も覚えていないという。

事件の顚末《てんまつ》を少しずつ思い出すようになったのは、ここ最近のことだった。

それでも徳之助は「何も分からず正気を失っている」ふりをしていたという。正気に戻ってきていることを悟《さと》られれば、今度は本当に殺されてしまうと思ったからだ。

そして完全に正気が戻ったのは、お千枝とお千代から索餅をもらった時だと、徳之助は言った。お花が察したように、索餅の味によって覚醒《かくせい》したのだろう。

索餅は、件の〈唐仙〉でよく食べた。お弓の作ってくれた思い出の味だった。

頭が働くようになった徳之助は、どうしたら座敷牢を抜け出せるか考えるようになった。

料理を運んでくるお千枝たちに、索餅をどこで手に入れたかを聞き出し、〈唐仙〉の名物料理である〝梅花餃子〟のことをさりげなく話して、その店が今もあるかどうか、あるとしたらお弓はまだそこで働いているかを調べさせようとした。

ただ、〈唐仙〉や阿部川町といった具体的な名は敢《あ》えて出さなかった。そこまで話すと正気に戻っていると勘づかれてしまうと危惧《きぐ》したのだ。

徳之助はすぐにでも、お弓の安否を確かめたかった。

——いつかきっと逃げ出す機会がくるだろう。それまで正気を失ったふりを続けて相手を油断させておこう。その時がきたら素早く逃げ出すことが出来るよう、躰の鈍《なま》りも治しておかなければ——

徳之助が待ち侘びていたその機会は思いのほか早く訪れた。叔父の惣次郎が来て、告げたのだ。

「もう二年以上になるから、そろそろ別のところに移るか。二年生きていられたのだから、本気で療養すれば治るかもしれんな」

それを聞いて徳之助は、自分の運命は二つに一つだと思った。叔父の言葉どおり、別の地で療養暮らしに移るか、もしくはついに殺められてしまうか。

——あの時叔父が、目撃した自分を殺さずに座敷牢に閉じ込めたのは、さすがに甥《おい》を殺すのは気が引けたからだろう。座敷牢に閉じ込めておけば、そのうち自然に死ぬと思っていたに違いない。それなのになかなか死なないので、この際、一思いに殺してしまうつもりなのではないか——

或いは死は免《まぬが》れても、再び監禁されることには違いないだろう。

徳之助はやはり逃げるしかないと決意し、実行した。

惣次郎が用意した替え玉と入れ替わり、ほかの場所へと移される一瞬の隙《すき》を見て逃げた。死に物狂いで逃げた。

徳之助の狂人のふりに騙《だま》され、身動きもままならないと思い込んでいた叔父の手下たちは虚《きょ》を衝《つ》かれ、逃がしてしまった。

徳之助は逃亡し、まずは〈唐仙〉へと向かった。徳之助の姿を見て、皆ぎょっとしたが、そんなことは構わずにお弓の安否を執拗《しつよう》に訊いた。お弓は無事だったがこの店はやめたということを聞き出し、徳之助は去った。

次に奉行所へ行こうとしたが、周辺に追手がちらほらいることを察知し、諦めた。仮に奉行所に飛び込んだとしても、今の姿では、役人たちは自分の話をちゃんと聞いてくれないようにも思われたのだ。

そして向かった先が、お千枝たちから聞き出した尼寺だった。そこへ飛び込み、ようやく清和と名乗るお弓と再会したという訳だ。力を振り絞って逃亡してきた徳之助は衰弱《すいじゃく》しており、尼寺の門を叩いた時には、危うい状態だったという。そこで躰が治るまで、暫くこの尼寺に置いてもらうことになったのだった。お弓のほか、貞心尼も寂心尼も心優しく、徳之助を不憫《ふびん》に思って匿ってくれた。

徳之助の話を聞き、木暮は「それはたいへんだったな」と深い溜息《ためいき》をついた。木暮はお弓にも訊ねた。

「お前さんはどうして、そんな目に遭《あ》ったのに奉行所へ届けなかったんだい？」

お弓は項垂《うなだ》れたまま答えない。すると住職の貞心尼が代わりに答えた。

「この人はね、長崎から正規の手続きを取らずに江戸へ逃げてきたので、届けを出さなかったんですよ」

木暮はお弓をちらと見た。俯《うつむ》いたお弓の白い頬に、長い睫毛《まつげ》の影が出来ている。

「手形を取らずに江戸へ来たってことか。長崎の船番所の役人の中にも悪い奴がいて、纏まった金子《こ》を渡せば、密《ひそ》かに逃がしてやるみたいだからな。……なるほど、そのような来し方《かた》を知られたくないのは分かるが、徳之助さんも正直に話してくれたんだから、お前さんもここはひとつ話してくれねえかな」

お弓は小さく頷き、涙ながらに辛《つら》い来し方を語った。

お弓は長崎で、唐人《とうじん》相手の料理屋のまかないをしていた。それゆえ唐料理が上手なのだ。

やがて美しいお弓は唐人に見初《みそ》められ、妾《めかけ》にしたいとしつこく迫られた。お弓はそれが嫌で堪《たま》らず、長崎を逃げ出した。

お弓は丸山《まるやま》遊女と南蛮人《なんばんじん》の間に生まれた娘で、八つの時に料理屋へ奉公に出された。それゆえ働いていた料理屋には恩があり、主《あるじ》を通しての身請《みう》け話を無碍《むげ》にすることは難しかったのだ。かといって、母親のもとへ戻ることなど出来ない。遊郭に戻ったら、自分も遊女にされてしまうことは目に見えていたからだ。父親は南蛮へ帰ってしまっており、お弓には頼れる人がいなかった。

船番所の役人の中に、金子を渡せば逃してくれる者がいるという噂《うわさ》は、お弓も耳にしていた。手形を取る必要もないという。そこでそれまで貯めた金子のほとんどすべてをその役人に渡し、お弓は死に物狂いで逃げた。

江戸へと向かう船の底に隠れて海を越え、役人と通じている船乗りの手引きで、下総《しもうさ》の辺りで降ろしてもらったという訳だ。

だがお弓は厳しい船旅で、酷く衰弱していた。海辺で息も絶え絶えになっていると、親切な漁師に助けられ、暫くその家に匿ってもらった。漁師の家族は皆いい人たちだったが、狭い小屋に七人で住んでおり、お弓は長居するのも気が引けた。躰が元に戻ってくると、漁師の家族に礼を述べ、お弓は江戸へと出た。

そしてお弓は口入屋《くちいれや》を頼り、〈唐仙〉で雇ってもらうことになった。お弓は唐人相手に培《つちか》った料理の腕で、一風変わった料理を作って出した。その料理が評判となり、〈唐仙〉はいっそう繁盛《はんじょう》した。

だが皮肉にも、お弓の美しさがまたも仇《あだ》となり、惨劇が起きてしまったという訳だ。

板前が殺されたというのに、惣次郎が得意客であったために店の主は奉行所にも届けず、内密に済ませてしまった。惣次郎から金子を握《にぎ》らされたのだろう。お弓は、そのことにも耐えられなかった。

――ここにもう居られない――と思ったお弓は店を去り、尼寺へと駆け込み、住職たちにすべてを告白し、典座《てんぞ》（食事担当）として置いてもらうことになったのだった。

静かにひっそり生きたいと願うお弓だが、懸命《けんめい》に作る料理の味が、巡り巡って、徳之助の記憶を呼び覚まし、再び引き付けてしまった。

「これも運命《さだめ》ってやつなのかもしれねえな」

苦笑する木暮の傍らで、徳之助とお弓は妙にもじもじとする。そんな二人を、貞心尼も寂心尼も微笑ましげに見ていた。

「正直に話してくれてありがとうよ。まあ、心配しなさんな。長崎の役人にも落ち度があったってことだ。お前さんを奉行所にしょっ引いたり、長崎へ送り返すなんてことはしねえぜ。だが今後は、決められた手続きをきちんとするように」

「はい……申し訳ございませんでした。必ず気をつけます」

お弓は涙をこぼし、何度も頭を下げた。

徳之助は尼寺に来て、髪を整え、髭も剃《そ》り、座敷牢にいた頃とは見違えるほどにさっぱりとしている。その徳之助の顔をまじまじと見て、木暮は——おや？——と思った。

三

その夜、木暮と桂は〈はないちもんめ〉を訪れた。

「あら、いらっしゃいませ。お待ちしておりました」

お市に嫋《たお》やかに微笑まれ、二人はにやける。木暮はお市の胸元をそっと指した。

「ここ、粋《いき》じゃねえか」

「まあ、気づいてくださってありがとうございます」

お市は黒と焦茶《こげちゃ》の縞《しま》の着物に、寒椿の如き紅色の半衿を覗かせていた。

「暗い色目にぱっと映《は》えますね」

桂も褒める。お市はいい気分で、二人を座敷へと案内した。

霜月も半《なか》ば、座敷にも火鉢が置いてある。木暮と桂が手を翳《かざ》して温めていると、お市が料理と酒を運んできた。

「はい、まずは〝牡蠣の酢味噌和《すみそあ》え〟です」

小鉢の中で真珠色に輝く牡蠣に、木暮たちは唾《つば》を呑む。この時代は牡蠣を生では食べないので、軽く湯がいたものを、酢で溶いた味噌で和《あ》えている。

それを頬張り、木暮と桂は相好《そうごう》を崩した。

「牡蠣ってのは贅沢《ぜいたく》な食いもんだなあ。嚙み締めると、仄《ほの》かに甘い汁がじゅわっと溢《あふ》れて、磯の香りがふわっと漂ってよ」

「また酢味噌と合うんですよね。優しい味わいです。牡蠣の軟《やわ》らかさというのは、歯にたいへん心地《ここち》よい」

　二人は恍惚《こうこつ》として牡蠣を食《は》む。

「お気に召していただけて嬉しいです」

「女将にお酌してもらうと、料理も酒も一段と旨いぜ」

「女将、これは清酒ですよね。牡蠣に梅酒も合うと思うのですが、どうでしょう」

　桂がお市に訊ねていると、お紋が次の料理を運んできた。

「お待ちどお！　さすがは桂の旦那だ、牡蠣と梅酒ってのも合うよお。でもって、〝牡蠣の梅酒煮〟だ！　召し上がってみてよ」

　醤油色に染まった牡蠣が、芳ばしさの中にも梅酒の香りを仄かにさせて、皿に載っている。

「こりゃまたなんとも」

「生姜の香りが微かにしますね」

　二人は鼻を動かしつつ頬張り、うっとりとした。

「コクのあるタレが絡《から》んでよ、これまた乙《おつ》だなあ」

「醤油と梅酒と生姜で味付けしてるのでしょうか。濃厚なのに、梅酒が入っているのでまろやかになって、口当たりがとてもよいです。牡蠣を嚙み締めると、こう、磯の香りと共に梅酒の香りが仄かに口に広がって……ああ、幸せです」

「梅酒もほしくなっちまった。大女将、悪いが梅酒を持ってきてくれ」

「はいよ、ちょいお待ち」

お紋は板場へ急ぐ。

「今年の梅酒はよい出来だなあ。すっかり梅酒を好きになっちまったぜ。梅酒なんか酒ではないと思っていたが」

木暮は苦笑する。

「私も、梅酒がこれほど味わい深いとは知りませんでした」

「漬けた古酒がよかったのかもしれません。三年以上熟成させた純米酒を使ったので」

「なるほどな。新酒にはない熟《う》れた味わいが出せるって訳か。……女と同じよ」

木暮はお市を眺め、にやりとする。お市は微笑みつつ、咳払《せきばら》いを一つした。

「私も古い女ですから」

「お、おいおい、そういう意味で言ったんじゃねえよ」

慌《あわ》てる木暮にお市と桂が笑っていると、お紋が梅酒を運んできた。

「おっ、古酒……じゃなくて梅酒がきたか」

「なんだい旦那、私の顔見て古酒だなんて、わざとらしいねえ」

お紋は目を吊《つ》り上げる。お市に水で割ってもらった梅酒を啜り、木暮は返した。

「いいじゃねえか。熟れた酒に、熟れた女。新酒にはねえ深い味わいが共にあるってことよ」

「ふん、調子のいいこと言って。……まあ、そういうことにしておこうかね」

お紋は衿元を直した。

梅酒と共に味わう〝牡蠣の梅酒煮〟はまた格別のようで、二人は食べては呑みを繰り返し、綺麗に平らげてしまう。

「ああ、躰が温まるなあ」

木暮は気分よく店を眺める。そろそろ店仕舞《みせじま》いといった刻限だ。ほかにお客はほとんどおらず、お花はせっせと皿や盃《さかずき》を片付けていた。

「まだ料理は出来るかい？」

「勿論です。旦那方は特別ですので」とお市は艶やかに微笑む。

「嬉しいこと言ってくれるじゃねえか。じゃあ、鍋でも作ってくれや。皆で突《つつ》いろ」

「しょうがねえなあ。どうせお前ら、話の続きが聞きたくてうずうずしてんだ
て呑もうぜ」

お紋がはしゃぐ。木暮は再び苦笑いだ。

「あら旦那、そう言ってくれるの待ってたよお！」

するとお花がぬっと顔を出し、声を弾《はず》ませた。

「御名答！　尼寺にいた男ってのが気になって気になって、仕方なかったんだ。
聞かせてもらうから、待ってて。料理と酒、持ってくる！」

早口で言い残し、板場へと駆けていく。

「ほんとに元気だなあ、お前らは」

「この店が静かな時って、ほとんどないのよね」

お市が言うと、皆「ホントだ」と笑った。

お花が運んできた〝土手鍋《どてなべ》〟を突きながら、皆で侃々諤々《かんかんがくがく》することとなった。

遠慮する日九蔵も木暮に引っ張られ、座らされる。

七輪《しちりん》の上でぐつぐつと煮える鍋は、濃厚な匂いを放って、皆をときめかせた。

鍋の中には牡蠣のほか根深葱、椎茸、春菊《しゅんぎく》、焼き豆腐《どうふ》がたっぷり入っている。

「今宵《こよい》は牡蠣尽くしだな」

木暮が唇を舐《な》める。目九蔵は、鍋の周りに塗り付けた味噌を菜箸《さいばし》で溶かしながら、皆の椀によそった。

「おろした生姜も入って温まりますさかい、沢山《たくさん》召し上がってください」

「いただきます」と声を揃えた一同は笑顔で頬張り、目尻を垂らす。

「堪らんねえ。牡蠣と味噌ってのはどうしてこんなに合うのかね」

「すべての食材の旨みが蕩《とろ》け合って、最高です。牡蠣は勿論、根深葱も椎茸も春菊も焼き豆腐も、すべて旨い！」

「これ八丁味噌使ってるね。いい味だわ」

「お味噌のほかには味醂とお酒ぐらいなのよね、味付けに使うのは。それが逆に、具材の本来の味を引き立たせるのかしら」

「〝土手鍋〟っていう名前がまたいいよね！　皆でわいわいと突きたくなる！」

「目九蔵さん、元気が出る料理をいつもありがとな」

木暮に褒められ、目九蔵も眦《まなじり》を下げる。

「お心遣い、こちらこそありがとうございます。土手鍋はもともと上方《かみがた》の料理で、安芸《あき》とか大坂が発祥《はっしょう》言われてますから、京の料理とはまた一味違って、力強さがある思うてます」

「確かにな。気取って食べるってよりは、皆で賑《にぎ》やかに突く料理だ。またそれが旨さを引き立てるというか」

「あたい、そういうの大好き！」

料理に舌鼓を打ち、酒を啜りつつ、木暮は尼寺で知り得たことをはないちもんめたちに話した。皆は呑み食いしながらも真剣な面持《おもも》ちで聞き入った。

木暮の話が終わると、お紋は溜息をついた。

「なるほどねえ。悪い奴だねえ、その惣次郎っていう、徳之助さんの叔父さんは」

「でも徳之助さんを殺めなかっただけよかったわよね」

お市の言葉に、皆頷く。

木暮は腕を組み、意見を述べた。

「俺はよ、もしや徳之助ってのは、実は惣次郎の倅《せがれ》なんじゃねえかと思うんだ」

皆の目が木暮に集まる。木暮は続けた。

「目元や鼻の形なんかが、惣次郎にそっくりだぜ、あれは」

お紋が身を乗り出す。

「どういうことだい？　徳の市は子宝に恵まれなくて、惣次郎が自分の子供を兄さんに養子にあげたってことかい」

「いや、俺が考えるのはその線じゃねえ。惣次郎はああいう男だ。徳の市の女房を手籠めにしていたのかもしれねえ。それで出来ちまったのが徳之助って訳だ」

お市はおずおずと言った。

「それはあり得るわね……。自分の実の子だって知っていたから、惣次郎は徳之助さんを殺せなかったのかもしれないわ。ならば惣次郎は、徳之助さんを座敷牢から出して、別の場所で本格的に療養させようと、本気で思っていたのかも」

お紋も腕を組む。

「惣次郎が兄さんの徳の市に金子を援助していたっていうのも、そういう後ろめたいところがあったからかもね。惣次郎とのことが負担になって、徳の市の女房は早く亡くなってしまったのかもしれないよ」

「もしや徳の市も、女房が弟の慰み者《なぐさもの》になっていたのを知って知らぬふりしていたのかもね。女房を差し出す代わりに、金子を援助してもらうってことで。勾当《こうとう》になるためにね」

お花も頭を働かせる。

「恐らく徳の市のところの下男と下女は、徳之助がすり替わったのを知っていただろう。惣次郎は二人を買収して、鍵を開けさせたんじゃねえかな」

「あの双子は知らなかったとして、徳の市は知っていたのかな」

「それは微妙なところだ。もともと盲目なのだから、座敷牢にいる男が徳之助かどうかを判別するのは、直感に頼るしかないだろう。どうせはっきり分からぬのなら、わざわざすり替えたことを話す必要もなかったんじゃねえかな。さっき女将が言ったように、俺も、惣次郎は徳之助を真剣に療養させ、名前も変えさせて、本当に自分の子にしようとしていたんじゃねえかと思うんだ」

「惣次郎と女房との間には子供はいないのかい？」

「調べてみたところ、女房との間には二人生まれたのですが、二人とも子供の頃に早逝《そうせい》しているのです。その後に子供は出来なかったようです。それゆえ、実は自分の子供である徳之助が、世間的には兄の徳の市の子供として通っていることに、忸怩《じくじ》たる思いがあったのかもしれません。徳之助は面打師としての腕も優《すぐ》れていたといいますし、後を継いでもらうためにも、名実ともに自分の子どもにしたかったのではないでしょうか。そのためには〝徳の市の息子の徳之助〟は邪魔になるのです」

お紋は目を皿にした。

「まさか……だから身代わりを用意して、それを〝徳の市の息子の徳之助〟として殺してしまったということかい？」

「そうだ。そうすれば、〝徳の市の息子の徳之助〟は世間的にも死んだことになる。〝徳の市の息子の徳之助〟をこの世から抹消《まっしょう》するために、葬式まできっちりやったんだろう」

お市は固唾《かたず》を呑んだ。

「でも本物の徳之助さんはまだ生きていて、今度は惣次郎の息子になって甦《よみがえ》るということね。名前も新たに」

「そういうことだ」

木暮は酒を啜る。お紋は首を捻った。

「惣次郎は徳の市に相談して、徳之助を養子にもらうことは考えなかったのかね。そうすればもっと穏便《おんびん》に済んだろうに」

「でもそれだとよ、兄さんの子供を養子に貰った、ってことになるだろ？　惣次郎は、あくまで〝自分の子供〟がほしかったんだよ、きっと。もしくは、実際に血を分けている徳之助を〝養子〟とするのは納得がいかなかったのかもしれん」

目九蔵が口を挟んだ。

「徳之助さんは惣次郎が人を殺めたところを目撃しはったのでしょう？　療養なさって心と躰の傷がすっかり治らはりましても、そないな男の息子になること、納得出来ひんちゃいますか？」

「うむ。それは俺も考えたが、この世にはよ、催眠《さいみん》をかけることが出来る者もいるって話だ。いわゆる呪術師《じゆじゆつし》だよな」

「呪医《じゆい》ってのもいるらしいよね」

お紋が膝を乗り出す。呪医とは、呪術的な方法で病《やまい》の治療を行う者のことだ。

「そうだ。惣次郎は徳之助を呪術師や呪医に診てもらい、催眠をかけてもらって、来し方の記憶を消してしまおうと考えていたのかもしれねえ。或いは、座敷牢の中で日がな一日ぼうっとしている徳之助は、惣次郎の目には、来し方のことはすべて忘れているように見えたかもしれねえ。それならなおさら話は早いと思ったろうよ。催眠をかけて自分の息子だと思い込ませ、新しい人格を作ってしまえばいいのだからな」

はないちもんめたちは息をつく。お花が訊ねた。

「でも……突然二十歳《はたち》ぐらいの息子が現れて、周りにはなんて言うのさ」

「うむ。訳があって子供の頃から遠い親戚に預けていたのだが、ようやく引き取ったとでも言えばいい。もしくは正直に、ほかの女との間に出来た子供で、暫く離れ離れになっていたなどとな」

「でも徳之助さんを見知っている人には、徳之助さんって分かるんじゃない？　いくら催眠をかけたって、背格好が変わる訳ではないし。取り繕《とつくろ》ってもすぐにバレてしまうのでは？」

「そこだよ。恐らく、だから葬式まで出したんだ。葬式を出したことで、徳之助が死んだということを、周りにも印象づけたんだ。まあ、それもいわゆる催眠のようなもんだな。印象を操作するというか。……葬式までしたのだから、まさか徳之助が生きてるとは誰も思わんだろう。よく似てるな、で終わっちまうよ。傍《はた》から見れば、旧・徳之助と、新・徳之助は、従兄弟《いとこ》になる訳だから、似ていたとしても不思議には思わねえだろ。それに、徳之助をよく知ってる者には、なるべく会わせねえようにしちまうよ。少し離れたところに住まわせるなどしてな」

「なるほどねえ。座敷牢の謎は解けたって訳だ。身代わりになって亡くなったのは、惣次郎の手下だろうね」

「恐らくな」

「その人が亡くなったのは……やはり殺められたのよね。惣次郎、もしくはその手下に。それとも本当に心ノ臓の発作だったのかしら。偶発的な」

「偶然にしては出来過ぎているので、やはり手にかけたのだろうと思われます。木暮さんが言ったように、葬式を出すことで〝徳の市の息子である徳之助〟を抹消するために」

「身代わりにさせられたうえに殺されたんじゃ堪《たま》らないよね。そんな身勝手な理由でさ」

お紋は目を瞬かせる。木暮は梅酒を口に含んで、転がした。

「忠吾と坪八に調べてもらって分かった。面打師の惣次郎、能役者の弘彌、そして奥坊主組頭の鳥手左門太。こいつらは組んで悪事を働いている。弘彌が大店《おおだな》や分限者《ぶげんしゃ》の内儀を誑《たぶら》かし、女たちを骨抜きにしたところで、急に態度を変えて脅《おど》かすのだ。御主人がこんなことを知ったら、どうなるんでしょうねえ……とな。姦《かん》通罪《つうざい》は、獄門《ごくもん》、打ち首だ」

木暮は顔を顰める。お紋が続けた。

「突然態度を変えられたら、女は吃驚《びっくり》するよねえ。そこで面打師の惣次郎が出てくるのかね。『猿楽師の弘彌には面の呪いがかかり、おかしなことを言い出したのかもしれません。貴女《あなた》が罪を犯してしまったのも、もしや面の呪いなのかもしれませんよ。どうです、お祓《はら》いしてみたら。ただ……金子が少々かかりますが』なんてね」

「そこで今度は、奥坊主組頭の鳥手左門太が出てくるのね。修験者《しゅげんしゃ》に化《ば》けて、偽《にせ》のお祓いをするの」

お市も推測する。

「奥坊主組頭といっても、懐《ふところ》はそれほど潤《うるお》っている訳ではないようだからな。金子のために悪事を働いても不思議ではない」

「でもさあ、御主人にばらすぞって脅されても、別に確たる証拠なんてないような気もするけどね」

お紋が言うと、お花が「ちっ、ちっ、婆ちゃん、甘いな」と首を振った。

「きっと弘彌とかいう女誑しは、女たちと寝る時にさ、必ず面をつけているんだよ。勿論すぐに外すんだけれど、面をつけているってのがミソなんだ。その小細工をすることによって、女たちは今から猿楽師に抱かれるのねって恍惚とするんだよ。そして弘彌は面を外すと、今度はそっと女に被《かぶ》せるんだ。すると女はますます恍惚としちまう。ところがどっこい！　女に面を被せるとどうなる？　紅が面につくだろ。憧れの男に抱かれるんだ、皆、濃厚に紅をつけているはずさ。そして弘彌は後でそっと、面に移った紅に小菊《こぎく》（ちり紙）を押し当て、女たちの唇の紋を取っていたんだろうよ。知ってる？　唇の紋って、指先の紋と同じで、同じものがないんだってさ」

　お花の推測に、お紋とお市が目を見開く。木暮は「やけに冴《さ》えてるじゃねえか」と苦笑した。桂が「なかなか」と呟き、目九蔵も「やりますな」と続けた。

　お市は目を瞬かせた。

「なるほどねえ。そうして脅かして、お内儀が祈禱料《きとうりよう》が高くてもう払えないと言い始めると、今度は惣次郎が兄の徳の市を紹介して、女たちにお金を借りさせていたのね。お祓いは一度では終わらず、まだ呪いがかかっていると繰り返し、四度、五度とお金を払わせたのでしょう」

「そして追い詰められてお内儀たちが自害すると、その亭主に取り立てにいくと。亭主は世間体《せけんてい》を憚《はばか》って、言われるがまま金子を払い、内々に収めていたってことだね。酷い話だよ、まったく」

　お紋は憤慨《ふんがい》する。

「お千枝さんを攫《さら》った岡野家の人たちは、娘の許嫁《いいなずけ》の父親がそんなことをしているなんて、勿論知らないよね？」

「知らないだろう。岡野家は、お千枝を攫ったり、お千代を襲おうとしただけで、そちらの悪事には関与していないはずだ」

お市は溜息をついた。

「切ないわね。岡野家の人たち、出世のためにも、娘の縁談をどうにか成就《じょうじゅ》させようと頑張ったのに。その昔養女に出した娘を、身代わりにするために必死で連れてきたというのに、許嫁の家、もしや取り潰しになるかもしれないわ」

「仕方ねえよ、悪いことしてたんだから。からくりが分かったな。よし、一気に捕まえてやるか」

木暮ははないちもんめたちを見回し、にやりと笑った。

「お前らにも力添えしてもらうぜ。大女将のせいでおかしな噂が流れて、俺、困っちまったからよ！　せいぜい償《つぐな》ってもらおうか」

木暮に見据《みす》えられ、お紋は目を瞬かせた。

第五話　雪のおまな

一

木暮たちは惣次郎らを一網打尽《いちもうだじん》にするべく、いつぞや忠吾が後を尾《つ》けた廻船問《かいせんどん》屋《や》のお内儀であるお佐和《さわ》に接触し、事情を話して力添えしてもらうことにした。思ったとおり、お佐和は弘彌の餌食《えじき》になっており、相当憔悴《しょうすい》していた。お佐和はなかなか口を割らなかったが、追い詰められているようで、涙ながらに正直に打ち明けた。案の定、弘彌と鳥手左門太と惣次郎は組んで悪事を働いていた。そして金子《きんす》の工面《くめん》が出来なくなると、連れていかれるのは徳の市の座頭金。だがお佐和はもう限界のようだった。

「罪に問われても仕方ありません。このままいつまでもたかられ続けるなんて生き地獄です。ならばいっそ、死罪になったほうが……」

さめざめと泣くお佐和に、木暮は言った。

「姦通《かんつう》は確かに死罪になるが、俺はお前さんのその現場を見た訳ではねえから捕まえたりは出来ねえよ。お前さんの亭主が訴えたらその時は捕らえなきゃならんが、俺たちに力添えしてくれれば、たとえバレたとしても見逃してやろう。座頭金のほうもどうにか片を付けてやるぜ。だが、これに懲《こ》りて、もう愚《おろ》かなことはするなよ」

「はい……申し訳ありませんでした。魔が差してしまったのです。心を入れ替えます。ありがとうございます。ありがとうございます」

お佐和は頭を畳に擦《こす》りつけ、木暮に何度も礼と詫《わ》びを述べた。


木暮に頼まれ、お市は深川は冬木町《ふゆきちょう》の弘彌のところへ謡《うたい》を習いに向かった。お市は、持っている着物の中で一張羅《いっちょうら》を選んだ。藤色の、無地にも見えるほど細かい小紋だ。決して派手ではないが上質なものを纏《まと》っている、大店《おおだな》の内儀らしく見せるために。

弘彌は長屋の二部屋を借りていて、その一部屋を住処《すみか》に、もう一部屋を手習い所にしていた。

「お師匠様に是非《ぜひ》教えていただきたく伺《うかが》いました。よろしくお願いいたします」

丁寧《ていねい》に礼をするお市を、弘彌は艶《なま》めかしい目つきで見る。すらりとした二枚目で、如何《いか》にも女誑《おんなたら》しといった風体《ふうてい》だが、お市の好みではまったくない。弘彌は咳払《せきばら》いをして、唇《くちびる》を少し歪《ゆが》めて笑った。

「いいですよ。お引き受けいたしましょう。これでも私、弟子は選ぶほうでね。まあ、貴女《あなた》は選ばれたということですから精進《しょうじん》なさってくださいね」

「はい、ありがとう存じます」

——なによ。ずいぶん偉《えら》そうね——

お市は笑顔で答えながら、心の中で呟《つぶや》く。弘彌の下男の若い男がお茶を運んできたが、手をつける気になれなかった。

弘彌は顎《あご》に手を添えて、値踏みするようにお市を眺め回した。

「貴女、素敵なお召しでいらっしゃるわね。御亭主はいらっしゃるんでしょう?」

弘彌の口調はやけに女っぽいが、目はぎらついている。お市は薄気味悪さを感じつつも、〝大店の内儀〟を演じた。

「はい、おります」

「どんな方? 見たところ……貴女、商家のお内儀でいらっしゃるのでしょう?」

「はい、日本橋は伊《い》勢町《せちょう》で飛脚屋《ひきゃくや》を営《いとな》んでおります」

それを聞いて、弘彌の目の色が変わる。飛脚屋は江戸で儲《もう》かる商《あきな》いの一つだからだ。

「そう。なんていうお店かしら」

「はい、〈佐山屋《さやまや》〉と申します」

「あら、聞いたことがあるわ。大きなお店じゃないの」

お市は寂しげな笑みを浮かべた。

「皆様にそう言っていただけますが……主人は仕事一筋で、私は置いてけぼりのことが多いのです。家におりますと気が滅入《めい》ってくることもございまして、それで手習いでも始めようかと」

弘彌は目をいっそうぎらつかせ、喉《のど》をごくりと鳴らす。弘彌は背筋を正し、甲《かん》高《だか》い声を響かせた。

「御事情、よく分かりました。私でよろしければ、なんでもお力になりますので、今後とも何卒《なにとぞ》よろしくお願いいたします。では早速《さっそく》お稽古に入りましょうか」

「はい、よろしくお願いいたします」

「では、基本ですが、〝高砂《たかさご》〟から始めましょう」

弘彌は自慢の喉を響かせ〝高砂〟を一曲謡《うた》うと、一節毎《ごと》に真似《まね》て謡うようお市に指示した。

「〽高砂や　この浦舟に　帆を上げて　……はいっ！」

「〽高砂や　この浦舟に　帆を上げて」

その繰り返しで最後まで謡い終えると、弘彌は媚《こ》びを含んだ笑みを浮かべた。

「お市さん、筋がよろしいじゃないの。これからどんどん上達するわ」

弘彌は袂《たもと》を口元に寄せ、お市を流し目で見る。

「いえ、お師匠様の教え方がお上手だからですわ」

お市はにっこりした。弘彌は唇を少し舐《な》め、頰に手を当てる。

「お家《うち》にいても退屈なら、今度はもっとゆっくりいらっしゃいな。お稽古の後のお酒でも用意しておくわ」

弘彌の眼差《まなざ》しはねっとりと、あたかも蛇《へび》のように迫ってくる。お市は背筋をぞくっとさせつつ、平静を保《たも》った。

「嬉しいですわ、お師匠様。楽しみにしております。本日はありがとうございました」

丁寧に辞儀《じぎ》をし、立ち上がる。手習い所を出ると不意に眩暈《めまい》がして、お市はこめかみを押さえた。だが立ち止まらず、早く去りたい一心で、長屋の木戸を出た。猪牙舟《ちょきぶね》に乗って大川を渡り、江戸橋の辺りで下りて米河岸《こめがし》を歩いていく。

お市は、弘彌の下男が尾けていることに気づいていた。日本橋は伊勢町の〈佐山屋〉と看板が出ている飛脚屋の前で足を止めると、「ただいま帰りました」と聞こえよがしに声を上げて中に入る。

お市は戸を閉めつつ、様子を窺《うかが》った。弘彌の下男がこちらのほうを見ながら物陰にそっと身を潜《ひそ》めるのが、目に入った。

〈佐山屋〉の店の中では、木暮が待っていた。

「お疲れさん。いつもながら本当に助かるぜ」

木暮はお市に頭を下げる。

お市は胸に手を当て、「緊張しちゃった」と目を瞬《しばたた》かせた。

「どんな奴だった、弘彌ってのは？」

「蛇のような目つきの、蟷螂《かまきり》みたいな男よ」

「そりゃたいへんだったな！　よかったよ無事で。悪いこと頼んじまって、すまねえ」

「大丈夫よ！　あんな男、ちっとも怖くなんかないわ、私！」

お市は気風《きっぷ》よく言い、「どうしてあんな男に夢中になったりするのかしらね」

と呟いた。

するとと〈佐山屋〉の主《あるじ》の鉄太郎《てつたろう》が現れた。下女にお茶を持ってくるよう頼むと、木暮とお市に向き直る。

木暮とお市は、鉄太郎に礼を述べた。

「お力添えくださり、ありがとうございました」

「いえいえ、こんなことでよろしければ、いくらでも」

そして鉄太郎はお市をしげしげと眺め、続けた。

「お市さんさえよろしければ、本当に私の後妻になってくださるとありがたいですが」

「まあ、嬉しいです。でも……こちらのような大店のお内儀など、私では力不足ですわ」とお市は恐縮した。

三年ほど前にこの店で起きた事件を解決して以来、鉄太郎と木暮は懇意《こんい》の仲なのだ。その伝手《つて》で、今回この店の名を貸してもらい、お市の出入りに店を使わせてもらった。どうせ弘彌の手下が、後を尾けてくるだろうと踏んだからだ。

「でも、弘彌たちが〈佐山屋〉の周りで訊《き》き込《こ》んだりしたら、私が後妻でないことがばれてしまうわよね」

心配するお市に、木暮はこう答えたものだ。

「その点は抜かりねえぜ。佐山の旦那に、近所に触れ回ってもらったんだ。実は半年ほど前にもらった後妻が療養を終えて最近戻ってきたとね」

「ええ、大丈夫なの、そんなことをして？　いつかバレてしまうでしょう」

お市は驚くも、木暮は平然としたものだった。

「平気平気、佐山の旦那は茶目《ちゃめ》っ気《け》があるから、乗ってやってくれたぜ」

すると鉄太郎も頷《うなず》いた。「一月《ひとつき》ぐらい経《た》って、近所の人に疑われてもこう答えるつもりでしたよ。『いざ一緒に暮らしてみたら、贅沢三昧《ぜいたくざんまい》で、食っては寝てばかりのとんでもない女だったんで追い出してやりました！　いや女ってのは分かりませんな、正体見たりという感じでしたよ。短い夫婦《めおと》暮らしでした』とね」

うだつが上がらぬなどと言われる木暮だが、いざとなるとこうして力添えしてくれる者が多いのは、人が好《よ》いからであろうか。

木暮とお市は〈佐山屋〉の奥で半時ほど寛《くつろ》ぎ、ほとぼりが冷めた頃、裏口から別々にこっそり抜け出し、八丁堀へと戻った。弘彌の下男の影は、もうすっかり見えなかった。

こうした小細工《こざいく》も抜かりなかったので、弘彌はお市が〈佐山屋〉の内儀であると、すっかり信じ込んでしまったようだった。

店に戻ったお市は、娘の姿を見て目を丸くした。

「お花、見違えちゃったじゃない！　新調したの？」

お花は照れくさそうに微笑む。お花はいつもの黄八丈《きはちじょう》ではなく、粋《いき》な青い矢《や》絣《がすり》の着物を纏《まと》っていたのだ。

「ううん、お滝姐《ねえ》さんからもらったんだ。あんまり素敵で、なんだか着るのがもったいなくて……今日初めて袖《そで》を通したんだよ。似合う？」

「似合ってるわよ！　へえ、ぐっと大人っぽくなるわねえ。ちょっと後ろも見せて。……うん、この色も柄も、お花にぴったりよ！」

「私も驚いたよ。大人になったなあ、ってね」

お紋が目を細める。

「ちゃんとお滝さんに御礼を言った？」

「うん。姐さんからいただいたんだから長く大切に着ます、って」

お紋は孫をしげしげと眺め、腕を組む。

「お花もなかなか綺麗《きれい》だね、こうして見ると」

祖母からの聞き慣れぬ言葉に、お花は頰《ほお》を赤らめた。

「やだなあ、婆《ばあ》ちゃん、照れるじゃねえか」

「もちろん冗談だけどね」

お紋はぺろりと舌を出して、さっさと階段を上がっていく。その後ろ姿を睨《にら》み、お花は「あの婆あ」と歯軋《はぎし》りをした。お市は苦笑いだ。

「まあまあ、せっかく見違えたんだから、言葉も丁寧になさいよ。……お花、綺麗よ、本当に。お母さんも照れてるのよ」

「そうかな」とお花は唇を尖らせる。するとお紋が二階から畳紙《たとうし》を持って下りてきた。それを開けると、深緑色の帯が現れた。

「その着物に合うんじゃないかって思ってね。私がお市ぐらいの頃によく締めてた帯さ。私のおさがりでよければ、お花に譲《ゆず》るから使ってよ」

お花は祖母を見つめた。

「え、いいのかい？　この帯、上等じゃないか。落ち着いた緑で、色も凄くいいし……手触りだって。嬉しいけど悪いよ、婆ちゃん」

「いいんだよ。もうずっと使ってなかったんだ。簞笥《たんす》の肥《こ》やしになるんだったら、使ってもらったほうが帯だって喜ぶよ」

お紋に微笑まれ、お花は帯を抱き締めた。

「ありがとう、婆ちゃん。大切にするよ。この着物に絶対合うと思うもん」

「よかったわね、お花。……そうだ、私、この帯と同じような色の半衿《はんえり》を持っているの！　ちょっと待ってて」

今度はお市が二階へと急ぎ、深緑色の半衿を手に戻ってきた。そして娘の衿元へと当て、笑みを浮かべた。

「ね、素敵じゃない？」

「ホントだ。いいねえ、いっそう粋《いき》で、いい女って感じだよ。お花、この半衿も貰っときな」

「え、でも、そんなに貰ってばかりじゃ悪いよ」

お花が恐縮すると、お紋とお市は笑った。

「くれるってんだから貰っときな！　お前に遠慮は似合わないよ」

「そうよ、私もこの半衿、近頃まったく使ってなかったのよ。お花が使ってくれたら嬉しいわ」

「そうか……なら、ありがたくいただくよ。半衿も大切にします」

お花は祖母と母にぺこりと頭を下げた。そんなお花を二人は優しい目で見つめる。小さかったお花が成長し、自分たちの持ち物を譲れるようになったことが、二人とも嬉しいのだ。

その夜〈はないちもんめ〉を訪れた木暮たちも、お花の姿に瞠目《どうもく》した。

「おおっ、馬子《まご》にも衣装とは言ったもんだ！　お花、別嬪《べっぴん》に見えるぜ」

「着物と帯と半衿がよく調和してますね。すっかり大人の女人《にょにん》でいらっしゃる」

「着るものだけでこれほど変わるなんて、女ってのは魔物ですや。怖いですぜ」

「もう〝お花ちゃん〟なんて呼べませんわ。お花はん、ですな。あ、お花姐さん、やろか」

木暮、桂、忠吾、坪八に不躾《ぶしつけ》に眺められ、お花は照れる。

「着物はお滝姐さん、帯は婆ちゃん、半衿はおっ母《か》さんにもらったんだ。こんなにいいものが、すべて只《ただ》で揃っちまった」

「おうお花、ついてるじゃねえか」

するとお紋が酒を運んできた。

「お市は縞、私ゃあ市松《いちまつ》、そしてお花が矢絣で、着物の柄が揃ったって感じだろ」

「せやな、それぞれ似合ってますさかい！」

「〈はないちもんめ〉の三人女、ますます好調ですや」

「皆さんそれぞれ似合う色も粋ですよね。大女将は鼠色《ねずいろ》、女将は藤色、お花さんは青色と。垢《あか》ぬけていらっしゃいます」

「うむ。そうやって見るとよ、〝ずっこけ三人女〟とか〝三莫迦女《ばか》〟ってのをそろそろ返上して、これからは〝別嬪《べっぴん》三人女〟でいけるぜ」

木暮の言葉に気をよくしたお紋は、孫の肩を抱き締めて嬉々とする。

「あら、ようやくそう言われる時がきたようだねえ。もっと早く気づいてくれりゃいいのにさ」

「ま、冗談だけどよ」

木暮はさらりと言って、酒を啜《すす》る。

お紋とお花の顔が般若《はんにゃ》の面の如《ごと》くなった時、お市が料理を運んできた。

「お待たせしました。大皿が二つございます。お塩、つゆ、お好きなほうでお召し上がりください」

出された二つの大皿には、季節の天麩羅《てんぷら》が山盛り載っていた。男たちは「おおっ！」と歓喜の声を上げる。

「蓮根、薩摩芋、椎茸、海老に烏賊もあるぜ」

「何か詰まった竹輪《ちくわ》もありますね。……これは鶏肉でしょうか」

「梅干しみたいなもんもありまっせ。梅干しの天麩羅っちゅうことかいな？」

「天麩羅尽くしですや！　兎《と》に角《かく》いただきやしょう！」

待ちきれぬように、忠吾は箸《はし》を伸ばす。さっくさくの衣《ころも》の歯ざわり、中の具材の新鮮な味わいに、男たちの笑顔が蕩《とろ》けた。

「いやあ、天麩羅ってどうしてこんなに旨《うめ》えんだろうなあ」

「衣がまた、堪《こた》えられません」

「揚《あ》げ立《た》ての熱々を頬張るのがまた贅沢《ぜいたく》ですぜ」

「梅干しの天麩羅っちゅうの、目茶苦茶いけてますさかい！　衣がつくと仄《ほの》かに甘みが出て、菓子みたいですぅ。吃驚《びっくり》ですぅ」

男たちは箸が止まらず、次々に頬張る。

「鶏の天麩羅は脂が多くて力がつくなあ！」

「この竹輪に詰まってやすのは、ほぐした鯖と梅肉を併《あわ》せたもんですか？　竹輪の天麩羅だけでもじゅうぶんなのに、穴に鯖と梅肉入れちまうなんて信じられんですぜ」

「蓮根、薩摩芋も定番ですが、こういう甘みと粘りけのあるものに塩を少々つけて食べると、もう……」

「海老と烏賊はこの天つゆつけて食べると、舌が蕩けますぅ。絶品過ぎて、わての出っ歯も震えますぅ」

貪《むさぼ》るように食《は》む男たちに、お紋は笑った。

「うちの天麩羅は、饂飩粉に片栗粉を混ぜて衣を作っているから、冷《さ》めてもサクサクだよ。お酢を少し入れるのもミソだね」

「ほう、酢を?」

「板前曰《いわ》く、なんでもお酢を入れると、饂飩粉の粘りけが抑えられるそうだよ。それでカラッと揚がるんだって」

男たちは「ほう」と感心しつつも箸が止まらない。天麩羅を頬張り、酒を呑み、お腹が満たされてくると、話をする余裕が幾分《いくぶん》出来る。木暮は、皿を片付けているお花に声を掛けた。

「おい、ちょっとこっちに来いや」

「なんだい」

お花が片付けを一旦《いったん》止めて寄ってくる。木暮はお花を眺め、にやりと笑った。

「お前、その恰好《かっこう》本当に似合うぜ。その姿で頼めば、幽斎さんも力添えしてくれるかもしれねえ」

「何のこと？」

お花は目を瞬かせる。

木暮はお花を座敷につかせ、天麩羅を摘まみながら作戦を練った。


次の日、お花は幽斎から借りた『卓子調烹方』を返すため、薬研堀の占い処へと赴《おもむ》いた。休み刻、幽斎は快《こころよ》くお花を迎え入れてくれる。いつもの占い部屋で向かい合うと、幽斎は少し驚いた顔でお花を眺めた。幽斎に見つめられ、お花の頰がほんのり赤らむ。

「これはまた、雰囲気が変わりましたねえ。一気に大人っぽくなられました」

幽斎の言葉が嬉しいけれど気恥ずかしくて、お花の頰はますます色づく。

「ありがとうございます。着る物が変わるだけで、印象って変わるようですね」

「よいお召し物ですね。矢絣の柄がとても似合ってらっしゃる」

「これ、すべていただきものなんです。着物は、お滝姐さん。帯は、婆ちゃん。半衿は、おっ母さんからの。おさがりで一式揃ってしまいました」

お花は微笑《ほほえ》む。

「そうなのですか。それもお花さんの人徳でしょう」

幽斎に笑みを返され、お花は照れて俯《うつむ》く。すると幽斎は何かを思いついたように立ち上がり、「少しお待ちください」とほかの部屋へといった。

幽斎は組紐《くみひも》を手にすぐに戻ってきて、お花に差し出した。

「これ、書物や文献を縛るのに使っていたのですが、よろしければ帯締めに如何《いかが》ですか。近頃では、女人は組紐を帯の上に結んで、帯締めにすると聞きました。この色合いが、似合うと思うのです。そのお召し物に」

お花は組紐を見つめた。紺色と薄い緑色の二本の絹糸《きぬいと》で組み上げられた紐は、確かにお花の装いに合うだろう。お花は声を掠《かす》れさせた。

「とても嬉しいけれど……申し訳ないです。先生の大切な本や文献を縛るものをいただくなんて」

幽斎は笑った。

「いえいえ、私はこのような組紐を沢山《たくさん》持っているんですよ。一時、組紐に凝《こ》ったことがありましてね。だからお気に召してくださったなら、御遠慮なさらずお受け取りください。私のおさがりでよろしければ」

お花は組紐を両手で持ち、幽斎に深く頭を下げた。

「ありがとうございます、本当に。厚かましくもいただきます。……あの、早速締めてみてもいいですか」

「勿論《もちろん》です」

お花は胸を高鳴らせながら、微《かす》かに震える手で、組紐を帯の上でこま結びにした。深緑色の帯に、紺色と薄い緑色の組紐は、幽斎の見立てどおり映《は》えた。

「よくお似合いですよ。素敵だ」

お花は目を少し潤《うる》ませ、幽斎を見つめた。

「大切に、ずっと使わせていただきます。家宝にいたします」

「それは大袈裟《おおげさ》な！」

二人は微笑み合う。幽斎から貰った組紐を躰《からだ》に結んでいると思うと、お花の胸はじんと熱くなった。お花は俯《うつむ》き加減で、上目遣《うわめづか》いに幽斎を見た。

「あの……それで、厚かましいついでに、先生にお願いがあるのですが」

お花はおずおずと切り出した。

数日後、お市は再び深川の弘彌の手習い所へと赴《おもむ》いた。

「ようこそいらっしゃいました。お待ちしてましたよ」

弘彌は相変わらず蟷螂の如き顔つきで、お市を流し目で見る。今日の弘彌は白粉《おしろい》まで軽く叩《はた》いていて、お市の背筋にまた冷たいものが走った。

弘彌は稽古を簡単に済ませると、粘りつくような笑みを浮かべた。

「この前約束しましたように、お酒の用意をしています。さ、御一緒しましょう」

奥に炬燵《こたつ》があり、下男が熱燗《あつかん》を運んできた。お市はやんわりと訊《たず》ねた。

「でも……お師匠様、お忙しいのではありませんか」

「ええ、今日は夕刻から忙しいのよ。だからその前に……ね。さ、早く御一緒しましょ」

弘彌はお市を見つめ、ふふ、と笑う。

二人は炬燵にあたり、酒を酌《く》み交《か》わした。盃《さかずき》を三杯空けたところで、弘彌はお市の手に触れてきた。目のぎらつきはいっそう増している。

「貴女……そんなに色香を漂わせて。御亭主に放ったらかしにされてるなら、寂しいでしょ、あちらも」

お市は弘彌の手をそっと押し返した。

「お師匠様、いけませんわ、そういうことは」

「ふふ、必死で抑えているところが可愛らしいわ。いいのよ、素直になりなさい。……あら、一杯しか呑んでないじゃないの。ほら、もっと呑んで。私が口移しで呑ませてあげましょうか」

弘彌は艶《なま》めかしく笑み、酒を口に含んで、お市の顎を手で摑む。お市はその手を振り払った。

「やめてください。姦通は罪になりますわ」

「ふふ、硬いこと言いなさんな。貴女だってほしいんでしょう？」

弘彌に抱きつかれそうになるも、お市はすり抜け、袂《たもと》からある物を取り出して、弘彌に突き付けた。それは、先が鋭利《えいり》に尖《とが》った菜箸《さいばし》だった。弘彌は怯《ひる》み、顔色を変えた。

「なによ、そんなものを人に向けて。仕舞《しま》いなさい」

「やめてって言ってるのにやめないからよ」

弘彌の顔が強張《こわば》る。

「優しくしてりゃあ、なによその態度は。私を誰だと思ってるの？　公儀お抱えの猿楽師なのよ、私はっ」

「それがどうしたっていうのよ！　気持ち悪い男ねっ！」

お市は尖った菜箸を弘彌に向け、一歩も引かない。弘彌は青ざめた。

「この女！」とお市に摑みかかり、菜箸を捨てさせようとして揉み合いになる。

「やめて！」

お市が叫ぶと、腰高障子戸《こしだかしょうじど》をぶち破って、巨漢が飛び込んできた。忠吾である。

「てめえ、俺様の女房に何しやがんでえ！　密通の廉《かど》で磔獄門《はりつけごくもん》だ、この野郎！」

忠吾は弘彌に平手打ちをかまし、あっという間に組み敷いてしまった。

「分かってるな？　人の女房に何かしようとした男はよ、その女房の亭主にその場で殺されても仕方ねえんだぜ。亭主は罪にならねえんだ。おい、殺《や》ってやろうか今この場で、てめえを！」

忠吾は脅《おど》かしつつ、震え上がる弘彌を締めあげる。巨漢で怪力の忠吾が相手では、蟷螂の如き弘彌などひとたまりもない。

「た、助けて！」

泣き叫ぶ弘彌を、忠吾はふん縛《じば》ってにやりと笑った。

「助けてほしけりゃ、すべて吐くこったな」

その夜、件《くだん》の〈唐仙〉で、鳥手左門太は少々苛立《いらだ》っていた。約束の刻《とき》から四半刻は経《た》っているのに、弘彌も惣次郎も現れないのだ。

〈唐仙〉の二階の十畳ほどの座敷で、鳥手は廻船問屋の内儀のお佐和と一緒に、二人の到着を待っていた。

修験者《しゅげんじゃ》に化けた鳥手は、いつも内儀と弘彌を並べて二人一緒にお祓いする。

「人の道に外れたことをしてしまったこの男に憑《つ》いている悪霊《あくりょう》を、貴女が落としてあげなさい」

そう内儀たちを言いくるめ、己と弘彌の二人分のお祓い料をせしめるのだ。

それゆえこの場に弘彌は必要であり、面の呪いの恐ろしさを繰り返し説《と》いて内儀たちの心を操るという役割で、惣次郎も必要なのだ。

それなのに二人ともなかなか現れず、鳥手は苛立った。

「二人が遅れているようですので、先に始めましょうか」

しびれを切らした鳥手はお佐和に提案し、了解を得た。そして正座した佐和に向かい合い、お祓いの呪文を唱え始めた。香をたき、時折木魚《もくぎょ》を鳴らし、朗々《ろうろう》と低音の声を響かせる。

すると突然襖《ふすま》が開き、爺《じい》さんと婆さんが乱入してきた。爺さんは庄平、婆さんはお紋だ。

お紋は鳥手に向かって、大声で言い放った。

「あっ、知ってるよお、この人！　あんた修験者なんかじゃないだろ！　公儀の同朋衆《どうぼうしゅう》、奥坊主組頭の鳥手さんだ！　こんなとこでなにやってんのさ！」

鳥手は真っ赤になって立ち上がり、「ぶ、無礼な！」と拳《こぶし》を振り上げた。だがお紋と庄平は鼻で笑った。

「無礼なのはどっちだい！　嘘《うそ》つき茶坊主、生臭《なまぐさ》茶坊主、それそれ、かっぽれ、かっぽれ！　えっさっさー！」

お紋と庄平は茶化すように歌い踊りまくる。二人とも着物を捲《まく》り上げ、お紋は赤い襦袢《じゅばん》、庄平は赤い褌《ふんどし》まで覗かせて、大奮闘だ。

鳥手の顔が今度は青ざめる。鳥手が懐《ふところ》に手を忍ばせると、お紋と庄平は踊りを止めた。そして二人も懐に手を入れ、瓢簞《ひょうたん》型の小さな容器を素早く取り出すと、その蓋を開けて、鳥手めがけて投げつけた。

「うわっ！　うわああ」

悲鳴を上げ、鳥手は顔を手で覆った。

お紋と庄平が投げつけた容器に入っていたのは唐辛子だった。それが鳥手の目を直撃したのだ。目が開けられなくなり、鳥手は蹲《うずくま》って悶絶《もんぜつ》する。そこへ木暮と桂が乗り込んできた。

「か弱い老人に手を上げようとした廉《かど》と、ほかにも色々訊きたいことがあるので、一緒に来てもらおうか。仲間の弘彌を締め上げたら、すべて吐いたぜ。そちらのお内儀さんからも色々話を聞いている。……もう逃げられねえよ」

木暮と桂は鳥手を縛った。町方は通常、旗本や御家人を捕らえることは出来ないが、木暮と桂が同朋頭に了解を得て、御下知者として特別に召し取った。

惣次郎は本正寺の近くで辻駕籠《つじかご》を降りた。半刻以上遅れたのは、美濃《みの》藩の藩邸に、面を献上しにいっていたからだ。思いのほか手厚くもてなされ、時間を食ってしまったという訳だ。

霜月もそろそろ終わりの、雲の多い夜。雲の流れに合わせ、月は見えたり見えなかったりしていた。

惣次郎が向かいの〈唐仙〉に行こうと道を渡ろうとすると、寺のほうから何やら笛の音《ね》が聞こえてきた。惣次郎はふと立ち止まって振り返り……目を見開いた。

黒い着流しを纏った男が立っている。獅子口と呼ばれる、目を剥《む》き口をかっと開いた、黄金色の鬼神の面をつけて。男はその姿で、笛を吹いていたのだ。

「……誰だ、お前は」

惣次郎は仄《ほの》かな月明かりの中、目を凝《こ》らす。面をつけた男は笛を吹くのを止め、唄《うた》うように呟いた。

「呪いも悪事も撥《は》ね返り、やがては己《おのれ》に降りかかる。この世とあの世は繋がりて、この世の行い、あの世で裁かれ、永久《とわ》に棲《す》むのは地獄それとも極楽か……」

そして男は面を外した。漆黒の髪に切れ長の目、透き通るような白い肌に、紅《べに》も差していないのにやけに紅《あか》い唇。男にも女にも見える、妖《あやかし》の如きその者は、邑山幽斎だった。

怯んだ惣次郎を、幽斎は光る目で見据《みす》えた。

「貴方様を捕らえに参りました」

惣次郎は目を剝き、声を絞り出した。

「おのれ……ふざけた真似を！」

惣次郎は懐に手を入れながら、幽斎に向かってきた。

すると寺から門の外へと伸びた木の枝から、大きな黒鳥が舞い降りた。否《いな》、鳥ではなく、それは忍びの者の如く黒装束《くろしょうぞく》を纏ったお花だった。

「な、なんだ」

惣次郎は動転する。お花は宙をくるりと一回転し、驚いて見上げた惣次郎の顔に蹴りを入れ、着地した。

惣次郎は顔を押さえて蹲《うずくま》る。鼻に命中したのか、血が溢《あふ》れ出た。

「こやつ……女のくせに」

惣次郎は顔を血だらけにしながら、目に炎を宿し、懐から短刀を引き抜いた。

そして「許さぬ」と喚《わめ》きながら、お花に向かって突進してきた。

お花は腰にぶら下げたまな板を外し、それを両手で摑んで、身を守る。朴《ほお》の木で作られたまな板は、上質で頑丈《がんじょう》だ。

惣次郎が狂ったように短刀を振り回すたび、お花は「はっ、はっ」と気合の声を上げてまな板を構えて、よける。

短刀の先がまな板に突き刺さった。惣次郎は満身の力を込めてまな板を割ろうとする。お花も満身の力で押し返す。二人は睨み合い、まな板を挟んで、ぶつかり合う。雲が流れて月が隠れ、闇が訪れた。

——凄い力だ……。まな板がもし割れたら、短刀の先はそのままあたいを直撃する——

まさに一歩も引けぬ状況に、お花の額《ひたい》に汗が滲《にじ》む。

すると惣次郎は急に「うぐっ」と呻《うめ》き声《ごえ》を上げ、目を大きく見開いた。短刀に込める力が徐々に弱くなってくる。

惣次郎の後ろに、幽斎が立っていた。幽斎は惣次郎のうなじを左手でぐっと摑み、右手の人差し指と中指を己《おのれ》の唇へと当て、呪文を唱えている。

「臨《りん》、兵《びよう》、闘《とう》、者《しや》、皆《かい》、陣《じん》、列《れつ》、在《ざい》、前《ぜん》」

幽斎が唱えていたのは、護身の呪文だった。

華奢《きやしや》な幽斎にうなじを摑まれただけなのに、惣次郎の大きな躰から力がみるみる抜けてゆく。呪文を繰り返しながら幽斎が左手にぐっと力を込めると、惣次郎は崩れ落ち、地面に倒れて動かなくなった。

雲がまた動き、月が顔を覗かせる。

お花は驚きのあまり言葉を失い、目を皿にして幽斎を見つめた。

すると陰で窺っていた坪八が飛んできて、喚いた。

「いやあ、お二人、お見事でございますぅ！　わての出番まったくあらしまへんでしたぁ！　すぐに木暮の旦那を呼んできますさかい、ちょいお待ちになっといてください」

坪八は〈唐仙〉に駆け込んでいく。茫然《ぼうぜん》としているお花に、幽斎は微笑んだ。

「大丈夫、気を失っているだけですよ。私が活《かつ》を入れれば、目を覚まします」

「は、はい。分かってます。……先生、強いんですね」

幽斎は軽く眉根を寄せた。

「どうも私はひ弱に見えるようですが、そうでもないのですよ」

「はい……よく分かりました」

幽斎と笑みを交わしながら、お花はそっとお腹の辺りを触った。黒装束の下、お守り代わりに、幽斎に貰った組紐を腰に結んできたのだ。

「お花さんはさすがですね。勇姿《ゆうし》に見惚《みと》れてしまい、助太刀《すけだち》が遅れて申し訳ありませんでした。……ところでそのまな板、とても丈夫ですね。少し見せてもらえませんか」

「はい、勿論。板前が持っていけと貸してくれたんです。このまな板は頑丈だから、何かの役に立つかもしれない、って」

お花はまな板を幽斎に渡す。月の仄明かりにそれを翳《かざ》して眺める幽斎を、お花は頰を染めて見つめていた。

ちなみにお市が携《たずさ》えていた菜箸も、目九蔵が持たせたものだった。護身用に、目九蔵が菜箸の先を削って研《と》いで作ってくれたのだ。お紋に唐辛子を持たせたのも、目九蔵の知恵だった。


こうして木暮たちは力を合わせ、奥坊主組頭の鳥手左門太、猿楽師の弘彌、面打師の惣次郎を捕らえ、徳の市も連行した。

徳の市は弟の言うままに金子を貸しただけで、直接悪事を働いた訳ではないようだが、勾当《こうとう》の位に就くことはもう諦《あきら》めなくてはならないだろう。

二

木暮は若年寄に訳を話し、お千枝が居る、表坊主の岡野の家に踏み込んだ。危《き》惧《ぐ》したようにお千枝は具合が悪いようで、床《とこ》に臥《ふ》せっていた。

「何か重い病《やまい》に罹《かか》ったのですか」

　木暮が執拗《しつよう》に訊ねても、主である岡野善行《ぜんこう》もその内儀の秋路《あきじ》も歯切れが悪い。するとと娘の秋穂が部屋に入ってきて、木暮に頭を下げた。

「申し訳ございません。私が……私がお千枝ちゃんを短刀で斬り付けてしまったのです」

　息を呑む木暮に、秋穂は病み上がりの青白い顔で涙ながらに話した。

「私が……すべて私が悪いのです。私、鳥手右門《うもん》様をお慕《した》い申し上げていて……どうしても右門様のもとへ嫁《とつ》ぎたかったのです。それなのに病に罹ってしまってなかなか治らなくて、私の心は真っ暗になっておりました。そんな時にお千枝ちゃんがやってきて、私の代わりを務めている姿を見ていたら……ありがたいと思いつつも、嫉妬《しっと》してしまったのです」

　自分とよく似たお千枝は親類筋と思われ、会えて嬉しいながらも、秋穂は心の底で逆上していたのだった。

「お嫁にいくのは本当は私なのに」と、切ない女心ゆえだろう。お千枝は必死で気丈《きじょう》に振る舞い、逃げ出す機会を窺っていたのに、秋穂はお千枝のそのような気持ちに気づけなかったのだ。秋穂の目には、明るく振る舞うお千枝が、はしゃいでいるように映ったに違いない。

そして秋穂は力を振り絞り、ついにお千枝に斬りかかってしまったのだ。秋穂は泣いた。

「千枝ちゃんがここに来た時、床に臥せっていた私に訊いてくれたんです。何かお好きな食べ物はありませんか？　美味しいものを召し上がれば元気になりますよって。私のことを心配してくれたのに。それなのに……それなのに私は」

木暮は秋穂に訊ねた。

「それでなんと答えたんですか」

「鳥手様に連れていっていただいた、浅草は阿部川町の料理屋の、梅の形をしたお料理と。中に細かく切った具が色々入っていて、皮にこんがり焼き色がついて、ぱりぱりして美味しいの、って。そうしたら千枝ちゃん、必ずその料理屋を見つけるって約束してくれたんです」

項垂《うなだ》れる秋穂と、床に臥したお千枝を交互に眺めながら、木暮は思った。

――なるほどな。この家の娘と、徳之助の好物は同じだったって訳だ。きっと許嫁の鳥手右門も、父親の左門太に連れていかれたことがあって〈唐仙〉を知っていたんだろう。お千枝は奇妙な巡り合わせに、何かを感じ取ったのかもしれねえ。それであんなふうに手ぬぐいに細工《さいく》をして、俺たちに教えたんだろう。

お千枝がここで、姉が嫉妬するほど明るく気丈に振る舞っていたのは、怪しまれないようにするためだったのかもしれない。

暗い顔をしているより、もう家に帰るつもりはない、ここの娘になって決められた相手に嫁ぎますというような顔をしているほうが、皆を油断させることが出来て、逃げ出す機会も増えるからな。お千枝はそうやって周りを油断させ、下女に巧く頼んで、ああして手ぬぐいを〈はないちもんめ〉へ届けることが出来たんだろう――

気持ちが沈んでいた秋穂には、そこまで察することが出来なかったようだ。だがお千枝を傷つけてしまった今、秋穂は自分を酷《ひど》く苛《さいな》んでいるようだった。

秋穂は木暮に深く頭を下げた。

「千枝ちゃんを傷つけた罪を償《つぐな》います」

するとその時、お千枝が口を開き、弱々しい声で、でもはっきりと言った。

「私は誰にも傷つけられておりません。世を儚《はかな》み、自《みずか》らを自らで傷つけたのです。本当に愚かなことをしました。御迷惑をお掛けして本当に申し訳ありませんでした」

お千枝はあくまで秋穂を庇《かば》う。

そのようなお千枝に、本当の父母は涙を流した。善行は、お千枝に頭を下げた。

「是非、我が家へ戻ってほしい。こんなにいい娘を手放してしまったなんて、私たちはなんて愚かだったのだろう」

やはり、お千枝は三つ子の次女で、お千代は三女だった。武家で三つ子は忌《い》み嫌《きら》われるということで、生まれて間もなく養女に出されたのだ。

お千代を襲って連れ去ろうとしたのも、お千枝までもが床に臥してしまったので、代わりの代わりを務めてもらおうとしたからだ。

だが岡野家には、もう代役云々《うんぬん》などを心配する必要もないだろう。鳥手家は取り潰しになるであろうから、縁談の話も自然と立ち消えてしまうと思われた。

本当の親の言葉に、お千枝は無言でそっと目を閉じた。

取り調べをうけ、惣次郎は徳之助が実の子であることを認めた。

徳之助の替え玉として座敷牢に入れた男は、惣次郎の手下で、濡れた紙を顔に押し付けて窒息死《ちっそくし》させたと白状した。

徳之助の替え玉まで拵《こしら》え、殺《あや》めてその葬式まで出したのは、〝徳の市の息子である徳之助〟をこの世から抹消《まっしょう》するためだった。

そして〝自分の息子である徳之助〟は江戸を離れたどこかで暫《しばら》く療養させ、その間に「まったく別の者」へと仕立て上げ、名前も変えさせ、ほとぼりが冷めた頃に江戸に呼び戻して、自分の養子ということにして跡を継いでもらう算段であったという。

惣次郎には本妻との間に二人の子供がいたが、二人とも早逝《そうせい》してしまっていたので、なんだかんだで自分の子供である徳之助に情があった。それゆえ殺人の現場を目撃されても、殺すことは出来なかったのだ。

木暮は訊ねた。

「徳之助にそれほど情があったなら、初めから何も座敷牢に閉じ込めなくてもよかったんじゃねえのか」

惣次郎は項垂れ、掠れる声で答えた。

「殺したところを見られてしまったので、口封じという意味もありました。正直、殺すのは忍びないが、座敷牢に閉じ込めておけば、自然に死ぬのではないかと思ったのです。それならば直接手を加えた訳ではないから、まだ救われるような気がしまして……。しかし、二年経《た》ってもあいつは生きていました。私は、徳之助に生命の力を感じたのです。自分の息子だと思ったのです」

「さすが自分の息子だと思ったんだな」

「はい。……二年の間、私は色々な弟子を取りましたが、皆今一つだったのです。やはり徳之助は腕が違ったと。それはやはり私の血を引いているゆえだと思《お》うと、やるせなくて仕方がありませんでした。私は徳之助のことがやはり惜しかったのです」

「そこで自分の子供として蘇《よみがえ》らせようと、一計を案じたという訳だな」

惣次郎は、徳之助が記憶を失っていると信じ込んでいたという。徳之助の物狂いのふりに騙《だま》されていたのだ。

そこで惣次郎は、呪術や催眠の力で、徳之助の記憶を新しく作り上げてしまおうと企《くわだ》てた。

惣次郎の息子として生まれ育ったという記憶の植え付けが上手くいけば、あとは体力をつけ、面打ちをもう一度特訓すればよい。

惣次郎は、徳之助の面打ちの技術については心配していなかったという。自分の血を受け継いでいるがゆえ、特訓すればすぐにまた腕を取り戻せると信じていたそうだ。

「私はこのように計画立て、実行に移しましたが、甲斐《かい》へと徳之助を運んでいく際、不覚にもうっかり逃げられてしまったのです。手下を含めて四人で運んでいたのですが、皆、徳之助はまだ正気を失っていると思い込んでいたので、油断してしまいました。……不覚でした」

「うむ。ということは、徳之助に逃げられた後で、座敷牢の中の身代わりを殺しちまったってことか。逃げられちまったんだったら、お前さんの計画は御破算だ。ならば、なにも身代わりを殺さなくても、徳之助が見つかるまで、そのまま閉じ込めておけばよかったんじゃねえか？」

「そうなのですが……やはり、バレてしまうのを恐れたのです。私はこの計画を、兄に黙って企てました。兄は疑っていないようでしたが……あの双子の姉妹が、座敷牢の中の男は義兄様《にぃ》ではないと言い張っているのを知りましてね。あんな娘どもの話など誰もあてにしないだろうと高《たか》を括《くく》っていましたが、次第に不安になってきたのです。娘たちが誰かを連れてきて、色々調べ始めでもしたら、と」

「それで始末しちまったって訳か」

「はい……。初めから、いずれは殺すつもりでしたから」

木暮は深い溜息をついた。

「あの尼寺に目をつけたのはどうしてだい？　何故《なぜ》あそこに徳之助がいると思った？」

「はい。兄から、あの双子の話を聞いていたからです。兄の話によると、あの二人は、何かの料理を徳之助に食べさせたがっていたといいます。また二人は、徳之助が治る見込みがある、などとも言っていたそうです。二人がそんな話を始めたのは、尼寺での催しから帰ってきた後からとのことで」

「それで尼寺に何かあると思ったんだな」

「はい、そうです」

項垂れた惣次郎の大柄の躰が、やけに小さく見えた。

木暮は迷ったが、惣次郎が本当の父であったことを、徳之助に告げた。

「血のつながった父親が誰かというよりも、父親から何を得ることが出来たかが大事だと思うのです。……残念なことに、私はまだ、それが何かはっきり摑めておりません。しかし、すべてを知って、踏ん切りがつきました」

徳之助は暫くの間、言葉を失っていたが、声を搾《しぼ》り出《だ》して答えた。

三

事件が一段落して、お紋と庄平はお百度参りの帰り、黄色い蠟梅《ろうばい》の花を眺めながら思い出し笑いをしていた。

「ああ、面白かったね！　あん時の奥坊主組頭の顔ったらなかったよ」

「こうやって大笑いして、毎日を楽しんで過ごすのが、長生きの秘訣《ひけつ》だぜ」

「ホントだよ」

お紋は頷く。庄平は袂から小さな包みを取り出し、お紋に渡した。

「なんだい？」

「中、見てみなよ」

お紋が包みを開くと、臙脂色《えんじいろ》の組紐が現れた。臙脂色とは少しくすんだような朱色《しゅいろ》だ。

「今さ、女たちは組紐を帯締めにするっていうだろ？　だからお紋ちゃんにもどうかなって思ってさ。それ、俺が作ったんだけど、よかったら帯締めに使ってよ」

お紋は庄平を見つめる。庄平は顔をくしゃっとさせて笑った。お紋は組紐を握り締めた。

「嬉しいよ……とっても。ありがたくいただくよ。庄平ちゃんが作ってくれたなんて……感激だ。作るの、難しいんじゃないかい？」

「いんや、丸台があればそう難しくねえよ。俺、組紐作るの結構得意なんだ」

「上手に出来てるもんね。とても素敵だけれど……臙脂色なんて、私には派手じゃないかい？」

「そんなことねえよ、似合うと思うぜ。お紋ちゃんの着物や帯の色は渋いから、差し色で明るい色があるといいんじゃねえかなって。……俺、願いを籠《こ》めて作ったんだ。お紋ちゃんのお腹の具合がすっかりよくなりますようにって。だからそれを締めてれば、きっと治るぜ」

お紋は愛らしく咲く蠟梅を見上げた。上を向いていないと、涙がこぼれてしまいそうだったからだ。お紋は声を掠れさせた。

「ありがと……。お守り代わりに、いつも締めておくよ」

堪《こら》えきれず、お紋の頰を涙がほろりと伝う。庄平はお紋の頰を指でそっと突き、顔をまたもくしゃっとさせた。

「どれ、俺が結んでやろうか」

「やだ……恥ずかしいじゃないか」

「恥ずかしがる歳でもねえだろ」

「あっ、言ったね！」

日溜まりの中、二人はじゃれ合い、二羽の雀《すずめ》のように身を寄せ合っていた。


「いらっしゃいませ！」

昼餉《ひるげ》の刻《とき》が始まり、〈はないちもんめ〉も活気づく。

「おっ、鴨南蛮《かもなんばん》を始めたのか！　それ頼む、大盛りでな！」

「こちらもそれ二丁ね！　寒い時には温《あった》けえ蕎麦《そば》が一番よ」

あちこちで声が掛かり、はないちもんめたちは大忙しだ。

お紋が注文を取って板場へ向かうと、お花が料理を持って板場から出てきた。

その時、互いに、互いのお腹の辺りに目がいった。店が始まる前から慌《あわ》ただしかったので、二人とも今になって気づく。

「婆ちゃん、やけに派手な帯締めしてるなあ」

「あんたこそ。……自分で買ったのかい」

「どうだっていいだろ」

「そうだね、お互いね」

　二人はすれ違う。五歩進んでお花が振り返ると、お紋も振り返り、目が合った。

　二人はにやりと笑い、向き直ると、お花は座敷へ、お紋は板場へと急いだ。

　夜、木暮が一人でふらりと〈はないちもんめ〉を訪れた。

　行灯《あんどん》の柔らかな明かりの中、お市に酌《しゃく》をされ、木暮は上機嫌《じょうきげん》だ。

「しかし今日は寒《さむ》いなあ、雪でも降りそうだぜ」

「そんな夜でも来てくださって、ありがとうございます」

「おう。ここへ来ると、ぽかぽかに温まるからよ。……心もな」

「まあ」

　二人は笑みを交わす。

　お市は梅酒が入った徳利《とっくり》を持ち、訊ねた。

「そろそろ水かお茶で割ります？」

「今夜はこのままでいいぜ」

木暮は〝牡蠣の柚子味噌〟を頰張り、お市に注《つ》いでもらった梅酒を啜《すす》る。

「牡蠣の柚子味噌に梅酒、それに女将《おかみ》。冬の夜に味わうのは、薫《かお》り高いものばかりよ」

「まあ、お上手ですこと」

木暮はお市をじっと見つめた。

「本当にそう思ってんだよ」

お市は何も答えず、木暮を見つめ返す。木暮はぐい吞みを揺らし、顎をさすった。

「なんだか酔ったみてえだなあ」

そして不意に袂から包みを取り出し、お市に渡した。

「あら、これは？」

「開けてみろよ」

お市はしなやかな指で、藤色の包みを開く。そして「まあ」と声を上げた。

中に入っていたのは、鼈甲《べっこう》の平簪《ひらかんざし》だった。高蒔絵《たかまきえ》で鶴《つる》が描かれている。その優雅《ゆうが》な美しさに、お市は息を吞んだ。

木暮は照れくさそうに言った。

「女将にはいつも世話になっているからな。今回も大いに力添えしてもらったしよ。たまにはこういうのもいいだろうと思ってな」

「そんな……とんでもなく嬉しいけれど、いいの、こんなに素敵なものを本当にいただいて？」

「あったりめえよ！　似合うと思うぜ」

お市はにっこり笑って、声を弾ませた。

「ありがとうございます。では遠慮なくいただきます。わあ、ホントに嬉しいわ！　私の好みにぴったりよ」

「そうだと思ったぜ。女将にはこれからもいっそう美しく羽ばたいてほしくて、この柄にしたんだ。……ほら、挿《さ》してやろうか」

「あら、ありがとう」

酔った勢いで、木暮はお市の髪に触れ、簪を挿す。落ち着いた色合いの鼈甲の簪は、お市の黒髪によく映《は》えた。

お市を眺め、木暮は満面に笑みを浮かべた。

「うん。思ったとおり、よく似合うぜ。一段といい女だ」

「嬉しいけれど……なんだか恥ずかしいわ」

お市の白い頰がほんのり染まる。

「こんなにいい女と酒が飲めるなんて、俺は最高に幸せもんだ。……ほら」

木暮は自分のぐい吞みを、お市へ差し出す。お市は梅酒を一口吞み、「私も……」と嫋やかに微笑んだ。

木暮がとろとろに蕩けそうになっていると、突然、屛風《びょうぶ》の裏からお紋がぬっと顔を出した。

「鶴ねえ、そりゃめでたいわ。旦那、それじゃ私にゃあ、亀の蒔絵の簪を贈ってくれるって訳かい？」

「ああ、すまん、うっかり忘れちまった！　そのうち贈るわ。……いつかは分からんが」

「なに言ってんだい、このすっとこどっこいが」

お紋はあかんべいをして、さっさと立ち去る。板場へと向かいながらお紋は、臙脂色の帯締めの結び目に手を当て、ふふ、と笑った。

師走《しわす》（十二月）に入り、尼寺〈清心寺〉で再び催しがあった。はないちもんめのほか、目九蔵、木暮たちも招待されたので、皆で出掛けることにする。ちなみに幽斎も誘ったのだが、仕事の都合でどうしても来られないとのことだった。

「お花、お前寂しいんじゃないか。幽霊さんの顔が見られなくて」

お紋にからかわれ、お花は少々ムッとする。

「幽霊じゃなくて幽斎だよ！　それより婆ちゃんだって、誘えばよかったじゃねえか、庄平ちゃんを」

「なんだい、お前。馴《な》れ馴《な》れしく庄平ちゃん、だなんて。お前は、庄平さん、と呼びなさい」

「ちっ、自分のことは棚に上げてよ！　庄平さんも呼べばよかっただろうよ！」

「だって……恥ずかしいからさ」

頰を仄かに染める祖母を、お花は怪訝《けげん》そうに見る。

――まあ、でも婆ちゃんの気持ちも分かるな。あたいだって幽斎さんを皆に紹介するって、なんだか恥ずかしいもん――

〈唐仙〉で木暮たちに力添えした時、お紋は幽斎と、お花は庄平と、初めて顔を合わせたのだ。

それで暫くお紋はお花を「お前、ああいうのが好みかい」とからかっていたのだが、心の中ではほっとしていた。幽斎は思ったより男らしく、礼儀正しくて、お紋にも気遣いがあったからだ。

お花はお花で、庄平と会い、祖母が近頃楽しそうな訳が分かったような気がした。庄平の優しい笑顔が、祖母を癒《いや》しているのだろうと。

つまりお花とお紋は共に、互いの相手に対してよい印象を持ったということだ。

お市は、店に昔食べにきていた庄平のことを薄《う》っすらと覚えていたが、幽斎にはまだ会ったことがなくて、それが悔しい。薬研堀の占い処まで行こうかとも思ったが、――そんなことをしたらお花が嫌がるわよね――と思い直し、止《とど》まった。そこでお市は、お紋や木暮の話から幽斎がどんな男かを想像して、楽しんでいた。

吐く息が白くなる寒い時季、尼寺の庭で焚火《たきび》をして皆で暖まった。焚火の中には勿論、薩摩芋が入っている。焚火にくべて作る焼き芋は、格別の美味しさだ。

今日の催しは法会《ほうえ》という訳ではなく、檀家《だんか》の人たちが持ち寄った食材を料理して振る舞い、この一年、無事に過ごせたことを共に感謝するというものだ。

檀家でもないのに申し訳ないとはないちもんめ一同は恐縮しつつも、嬉々としている。

勿論、手ぶらでは気が咎《とが》めるので、はないちもんめたちは〝鰤おむすび〟を、木暮たちは蜜柑《みかん》をたっぷり持ち込んだ。〝鰤おむすび〟とは、照り焼きにした鰤をほぐし、御飯に混ぜ合わせて握ったものだ。鰤の脂と、コクのある味が御飯に滲《にじ》んで、冷めても美味である。

催しには秋穂改めお千穂《ちほ》、お千枝、お千代の三つ子の姉妹の姿もあった。徳の市は、悪事の片棒を担《かつ》ぎ、あくどく金を稼いだ咎《とが》で遠島《えんとう》となった。秋穂がいた岡野家も、いくら自分の娘とはいえ他人様の養女となっている者を勾引《かどわ》かした罪で、お家は断絶に。そのような訳で、お千穂、お千枝、お千代は独立を余儀《よぎ》なくされた。

「たいへんだったわね」

お市が声を掛けると、三つ子は微笑みながら答えた。

「水茶屋で働くことが決まっているのです」

「木暮様の御紹介で」

「まあ、そうなの」

お市は木暮を見る。木暮は照れくさそうに小鬢《こびん》を掻いた。夏の事件で知り合った、上野山下《うえのやました》の水茶屋の女将であるお袖《そで》に頼んだところ、快く引き受けてくれたという訳だ。大年増《おおどしま》のお袖は鉄火肌《てっかはだ》のところはあるが、なかなか情の厚い女で、木暮はそこを見込んでいた。

遣《や》り手《て》のお袖の計らいで、お千穂たちは〝舞が得意な、美しい三つ子〟という謳《うた》い文句で売り出すようだ。瓦版《かわらばん》でも既《すで》に話題沸騰《ふっとう》、錦絵《にしきえ》に描いてもらうことも決まっているという。

「これからは三人、仲良く生きて参ります。私たちが働いて、親のことも支えて参ります」

お千穂、お千枝、お千代が口を揃えると、まるで三羽の雲雀《ひばり》が歌っているようだった。

「しっかりね」

はないちもんめたちも励ます。お千穂もお千枝も心と躰の傷が癒えてきているようで、木暮は安心していた。

見習い尼だったお弓は還俗《げんぞく》し、徳之助と一緒に屋台の蕎麦屋を始めるという。

「〝面打ち〟から〝麵打ち〟へと転身します」

照れくさそうに微笑む徳之助に、「そりゃいいや」と皆が笑う。

徳之助ははっきりと言った。

「お弓と一緒に、いつか店を構えることが出来るよう精進《しょうじん》します」

お千枝とお千代は「義兄様、頑張ってね」と目を潤《うる》ませ、お千穂は「必ず食べに参ります」と約束した。

寒いけれど晴れ渡った空の下、料理が振る舞われる。鱈《たら》を沢山持ってきてくれた人がいて、鱈を使った料理が並んだ。尼僧たちは普段は生臭ものを控えているが、檀家の人たちからの戴き物は別とのことだ。

「うわあ、鱈だよ、鱈！　青空の下で鱈を味わえるなんて贅沢だなあ」

お花が飛び跳ねる。

「ゆきのおまな、ですな」

目九蔵が呟いた。

「ゆきのおまな？」

お市が訊き返すと、目九蔵は微笑んだ。

「京では鱈のことをそう呼ぶんですわ。真っ白な身が雪のようですし、〝鱈〟という字は魚偏《へん》に雪、と書きまっしゃろ」

「ふうん、さすが京の人ってのは品のあることを言うね。ゆきのおまな、か。響きも綺麗だ」

　お紋は頷いた。

〝鱈の胡麻味噌焼き〟〝鱈の衣揚げ〟〝鱈鍋〟のほか、〝人参の浅漬け〟〝ホウレン草の胡麻和え〟〝長芋団子〟、はないちもんめ一同が差し入れた〝鰤おむすび〟と〝蜜柑〟も並んだ。

「〝鱈の胡麻味噌焼き〟って、絶品ですぜ！　鱈ってあっさり味と思っていやしたが、濃厚な味付けが逆に、鱈そのものの旨さを引き立ててやす」

「〝鱈の衣揚げ〟も堪りませんねえ。さくっとした衣の下には、ふんわりとまろやかな鱈。脂っこさと淡白《たんぱく》さが相俟《あいま》って、いくらでも食べられます」

「この〝鱈鍋〟ってどえりゃあ旨いですが、こんな味わて初めてですわ！　入ってるのは、鱈に韮に根深葱に、生姜に大蒜でっかな？　ぴりりと辛くて、でも次々食えてしまう、不思議な味ですぅ」

　忠吾、桂、坪八はそれぞれ夢中で頬張る。だが坪八の話を聞いて、眉をぴくりと動かした者がいた。目九蔵だ。目九蔵は〝鱈鍋〟を味わい、顔を引き締めた。

「これですわ……。この味付けですわ、ずっと気になってましたのは」

　目九蔵は微かに声を震わせる。

はないちもんめたちは典座の清和改めお弓に訳を話し、謎の味付けの正体を教えてもらった。

「悩ませてしまって申し訳ございませんでした。この味付けは、唐で生まれた〝豆板醤《とうばんじやん》〟というものです」

「〝トウバンジャン〟？」

初めて聞く名に、集まった者たちは皆、鸚鵡返《おうむがえ》しをした。

「はい。長崎で働いておりました時、或《あ》る唐人《とうじん》の方にお土産《みやげ》でいただいたのです。試しに料理に使ってみたところとても好評でしたので、作り方を教えてもらい、自分で作るようになりました。それで、こちらのお寺でも、料理に使わせていただいておりました」

お弓は伏目《ふしめ》がちに、楚々《そそ》と答える。目九蔵は大きく息をついた。

「なるほど……。いやあ、分かりませんでしたわ。唐にはこないな味付けがあるんですな。さすが歴史のある国、味が深いですわ」

感心する目九蔵に、お弓は微笑んだ。

「よろしければ〝豆板醤〟の作り方をお教えしましょうか」

「ええっ、ホンマですか！　……申し訳ないようにも思いますが、是非、知りたいです」

目を輝かせる目九蔵を、はないちもんめたちは笑みを浮かべて見つめる。いつもは冷静な目九蔵だが、料理のことになるとつい熱くなってしまうことを、皆知っていた。

「豆板醤には蚕豆《そらまめ》を用いるのです。蚕豆を発芽させて皮を剝《む》き、麴《こうじ》につけて発酵《はっこう》させるのですが、それに半年はかかります。その発酵した蚕豆に、私は胡麻油、唐辛子、塩、潰した大豆を加えて、三月《みつき》ほど寝かせています。寝かせる期間は、一月《ひとつき》以上あればいいと思います。本場では数年も熟成させるそうですが」

お弓の説明に、目九蔵は何度も頷いた。

「そうでしたか……発酵させた蚕豆だったんですな。どうしても気づかなかった味の正体いいますのは」

「だから味噌みたいに豆の味が濃厚にしたんだね。でも大豆とはどこか違って、それで頭を抱えちまったって訳だ」

お紋も感心する。

「〝豆板醤〟は唐で作られるようになって、まだそれほど経っていないそうですが、とても人気があるとのことです。日本《ひのもと》の人の口にも合うのですから、これから色々な国で少しずつ広まっていくかもしれませんね」

お弓は微笑んだ。

「蚕豆に唐辛子でっか！　いや、病みつきになりますわ、この味」

貪《むさぼ》る坪八を忠吾はじろりと睨み、「あっしにも食わせろ」と椀を横取りする。

「親分、そないに殺生《せっしょう》な」

泣き顔になる坪八に、副住職の寂心尼が新しくよそった椀を渡した。

「喜んでいただけて嬉しいです。沢山《たくさん》ありますので、たっぷり召し上がってくださいね」

寂心尼に笑顔で言われ、坪八は「ありがとうございますぅ」と大きな声を出した。「鱈を持ってきてくださった方もありがとうございますぅ！　お寺でこないに旨いものを食べられて、感謝感激雨あられですぅ！」

青空に笑い声が上がる。桂が目九蔵に声を掛けた。

「〝豆板醬〟を使った料理、楽しみにしてますよ」

「はい。蚕豆が出回る時季になりましたら早速作ります。お出し出来ますのは、少し先かもしれまへんが」

「おう、楽しみに待ってるぜ」

木暮は目九蔵の肩に手を置いた。するると少し姿を消していた徳之助が、料理を運んできた。どうやら板場で、お弓の代わりに調理していたようだ。

「〝煮込み豆板醤饂飩《うどん》〟です。〝鱈鍋〟に饂飩を入れたものですが。私が打った饂飩、どうぞ召し上がってみてください」

「早速麺打ち、って訳だな！」

一同に笑いが起きる。貞心尼と寂心尼が〝煮込み豆板醤饂飩〟を椀によそい、檀家の人たちが運んで、皆に行き渡った。一口食べるなり、皆、相好《そうごう》を崩す。檀家の一人が声を上げた。

「この饂飩、こしがあってもちもちして、美味しいわあ！」

「豆板醤のお汁によく合うわねえ」

「お母さん、これなら私、沢山食べられるわ。お汁がぴりっと辛くても、お饂飩が入るとまろやかになるもの」

はないちもんめたちも目尻を垂らし、木暮は唸った。

「こんなに旨いもんを出す店が出来たら、〈はないちもんめ〉にも強敵出現だな」

お紋はにっこり笑って返した。

「うちだって負けないよ！　いっそう張り切っちまうね、こんな強敵が現れたら」

皆の笑い声が、尼寺に響く。風が吹くとイチョウの葉が舞い散り、尼寺の庭を柔らかな色に染める。空には美しい夕焼けが広がっていた。

はないちもんめ　梅酒の香

一〇〇字書評

切り取り線

購買動機（新聞、雑誌名を記入するか、あるいは○をつけてください）	
□（　　　　　　　　　　　　）の広告を見て	
□（　　　　　　　　　　　　）の書評を見て	
□ 知人のすすめで	□ タイトルに惹かれて
□ カバーが良かったから	□ 内容が面白そうだから
□ 好きな作家だから	□ 好きな分野の本だから

・最近、最も感銘を受けた作品名をお書き下さい

・あなたのお好きな作家名をお書き下さい

・その他、ご要望がありましたらお書き下さい

住所	〒				
氏名		職業		年齢	
Eメール	※携帯には配信できません	新刊情報等のメール配信を 希望する・しない			

この本の感想を、編集部までお寄せいただけたらありがたく存じます。今後の企画の参考にさせていただきます。Eメールでも結構です。

いただいた「一〇〇字書評」は、新聞・雑誌等に紹介させていただくことがあります。その場合はお礼として特製図書カードを差し上げます。

前ページの原稿用紙に書評をお書きの上、切り取り、左記までお送り下さい。宛先の住所は不要です。

なお、ご記入いただいたお名前、ご住所等は、書評紹介の事前了解、謝礼のお届けのためだけに利用し、そのほかの目的のために利用することはありません。

〒一〇一－八七〇一
祥伝社文庫編集長　坂口芳和
電話　〇三（三二六五）二〇八〇

祥伝社ホームページの「ブックレビュー」からも、書き込めます。
www.shodensha.co.jp/bookreview

祥伝社文庫

はないちもんめ　梅酒《うめしゆ》の香《か》

令和 元 年10月20日　初版第 1 刷発行

著　者　有馬美季子《ありまみきこ》
発行者　辻　浩明
発行所　祥伝社《しようでんしや》
東京都千代田区神田神保町 3-3
〒101-8701
電話　03（3265）2081（販売部）
電話　03（3265）2080（編集部）
電話　03（3265）3622（業務部）
www.shodensha.co.jp
印刷所　堀内印刷
製本所　ナショナル製本
カバーフォーマットデザイン　中原達治

本書の無断複写は著作権法上での例外を除き禁じられています。また、代行業者など購入者以外の第三者による電子データ化及び電子書籍化は、たとえ個人や家庭内での利用でも著作権法違反です。
造本には十分注意しておりますが、万一、落丁・乱丁などの不良品がありましたら、「業務部」あてにお送り下さい。送料小社負担にてお取り替えいたします。ただし、古書店で購入されたものについてはお取り替え出来ません。

Printed in Japan ©2019, Mikiko Arima ISBN978-4-396-34579-2 C0193

〈祥伝社文庫　今月の新刊〉

長岡弘樹
時が見下ろす町
『教場』の著者が描く予測不能のラストとは。変わりゆく町が舞台の心温まるミステリー集。

草凪　優
ルーズソックスの憂鬱《ゆううつ》
官能ロマンの傑作誕生！　復讐の先にあった運命の女との史上最高のセックスを描く。

笹沢左保
殺意の雨宿り
四人の女の「交換殺人」。そこにあったのはたった一つの憎悪。予測不能の結末が待つ！

門田泰明
汝《きみ》よさらば（三）　浮世絵宗次日月抄
浮世絵宗次、敗れたり――上がる勝鬨の声。栄華と凋落を分かつのは、一瞬の太刀なり。

小杉健治
蜻蛉《かげろう》の理《ことわり》　風烈廻り与力・青柳剣一郎
罠と知りなお、探索を止めず！　凶賊捕縛に乗り出した剣一郎を、凄腕の刺客が襲う！

武内　涼
不死鬼《ふしき》　源平妖乱
平清盛が栄華を極める平安京に巣喰う、血を吸う鬼の群れ。源義経らは民のため鬼を狩る。

長谷川　卓
野伏間《のぶすま》の治助《じすけ》　北町奉行所捕物控
市中に溶け込む、老獪な賊一味を炙り出せ！　八方破れの同心と、偏屈な伊賀者が走る。

鳥羽　亮
迅雷《じんらい》　介錯人・父子斬日譚
頭を斬り割る残酷な秘剣――いかに破るか？　野晒唐十郎とその父は鍛錬と探索の末に……。

宮本昌孝
ふたり道三（上・中・下）
乱世の梟雄斎藤道三はふたりいた！　戦国時代の礎を築いた男を描く、壮大な大河巨編。

有馬美季子
はないちもんめ　梅酒の香《か》
誰にも心当たりのない味を再現できるか――囚われの青年が、ただ一つ欲したものとは？